# 汚れた手をそこで拭かない

芦沢央

文藝春秋

目次

# 汚れた手をそこで拭かない

装画　Q-TA
装丁　大久保明子

# ただ、運が悪かっただけ

襖《ふすま》を開け閉めするような音が、どこか遠くで続いている。

開いては閉じ、開いては閉じ、開ききらず閉じきらず、ただひたすらに敷居の上を滑り続ける古びた襖。端に滲《にじ》んだ淡い染みは人の顔に似て、左右に揺さぶられるほどに笑みを深めていく。にげなくては、と私は思う。あれはきっと、こわいもの。

せめて目だけでもそらさなければ。そう思ったところで身体が少しも動かないことに気づき、思わず息を詰めた瞬間に目が覚めた。

見慣れた天井の木目が視界に飛び込んできて、カン、という金属を叩く澄んだ音にぬるまった息が漏れる。

——ああ、鉋削《かんなけず》り。

頭を枕から引き剝《は》がすのと、夫が鉋を持つ手を止めるのが同時だった。

「起きたか」

ええ、と答える声がひどくかすれる。咳払いをしたくなったものの、一度咳をすると止まらなくなってしまう気がして寸前で堪《こら》えた。目の前に差し出された湯呑みを目礼をして受け取り、震える腕を動かして喉を湿らせる。

「ありがとう」

夫は短くうなずくと作業台へと向き直り、金槌を小さく振って裏金を調節した。再び、襖を開け閉めするような音が響き始める。

——何を作っているんだろう。

夫の手元には、長さ一メートルほどの角材——椅子の部品か、何か棚のようなものでも作るのか。

けれど、かなりの時間が経っても夫は同じ木材を削り続け、次の工程に移ることはなかった。作業台の上に積み上がっていく削り屑《くず》の山に、私は胸を強く押されたような圧迫感を覚える。夫は何かを作っているわけではないのだと、わかってしまう。夫はただ、心を落ち着けるためだけに手を動かしているのだと。

私が余命半年という宣告を受けたのは、今から約一年前のことだった。

夫の被扶養者として入っている健康保険の五十五歳健診で要精密検査と言われ、何かの間違いだろうと笑いながら検査を受けたところ、末期癌だと診断されたのだ。

既に複数の臓器に転移していて手術は難しく、薬物療法に踏み切ったものの効果が出ずに治療を打ち切った。

せめて最期は自宅で迎えたいという私の希望を、夫は受け入れてくれた。夫が町大工から建具職人へと転身して以来、一日の大半を過ごすようになった作業場の片隅に、医療用ベッドを運び込んでくれたのだった。

夫が作業をしているところを見るのが好きだった。木の具合を確かめる鋭い目、道具を扱う迷いのない手さばき。その節くれだった指が立てる厳《おごそ》かな音に耳をすませていると、波打ち続ける心身の痛みが静まっていくのを感じた。

――けれど、夫にとって、弱っていく妻を目《ま》の当たりにする日々は、どんなものだっただろう。夫を思うのならば、本当は少しずつ存在感を失《な》くしていくべきだったのかもしれない。自分がいなくなっても、できるだけ変わらない生活が送れるように。

それなのに私は、自分が少しでも夫のそばにいたい気持ちを優先して、こうした最期を望んだのだ。

『ああ、本当に情けない』

ふいに、義母の声が脳裏で反響した。その言葉を聞いた瞬間の、頭から冷水をかけられたような感覚までもが蘇《よみがえ》る。

もう二十年以上前、義父が脳梗塞で倒れ、一命は取り留めたものの介護が必要になったと聞かされたときのことだった。

どうしよう、これからどうしたらいいのかしら、と繰り返す義母に、私はどうするべきなのだろうと考えた。

義父がこうなった以上は同居した方がいいのかもしれない、というのが最初に浮かんだ考えだった。義父は身体が大きい。義母ひとりに介護を任せるのはあまりに酷だろう。一緒に暮らすなら部屋の間取りはどう使うのが最適か、あるいは改築をした方がいいのか――そこまで考えたところで、『ああ、本当に情けない』という叩きつけるような声が飛んできたのだった。

『さっきからそわそわとよそ見ばかりして。少しは真剣に考えたらどうなの』

誤解だ、という言葉がすぐには出てこなかった。喉に何かが詰まったようで、全身が冷たくなっていくのがわかった。

『落ち着けよ』

低く、静かな声が隣から聞こえたのはそのときだ。

『十和子《とわこ》が真剣に考えていないわけがないだろう』

夫は当たり前のことを口にするようにそう言うと、私の肩に手を置いた。その手のひらの温かさで、全身の強張《こわば》りがほんの少し緩《ゆる》まる。

『あの、同居するとしたら、どういう形で部屋を使うのがいいのかなって……』

何とかしぼり出すようにそう言った途端、義母は変な味のものを食べたような顔をした。

『そんなの、今考えるようなことじゃないでしょう』

まったく、理屈くさい、と続けられて身が竦《すく》む。

それは、幼い頃から何度も言われてきた言葉だった。どうしてあんたはそうひと言多いの、屁理屈をこねるんじゃない、本当におまえはかわいげがない――

またやってしまった、と思った。後悔と羞恥心が一気に湧き上がってきて、頬が熱くなる。

だが、夫はもう一度『落ち着けよ』と言った。

『十和子は、母さんがどうしたらいいかって言ったから対処法を考えていただけだろう』

この人はわかってくれるのだ、と思った途端に泣き出しそうになる。けれどここで泣いたら義母を責めるような形になってしまうかもしれない、と思うと滲みかけていた涙が引き、数秒してから、ここで泣くぐらいの方がまだかわいげがあったのかもしれない、と気づいた。

義母も、突然義父が倒れて気が動転していたのだろう。翌日には言いすぎたと謝られ、それ以降は同じような言葉をぶつけられたことはなかった。

むしろ同居してからは『本当にいいお嫁さんをもらって幸せだわ』と何度も言われ、義母が亡くなる前には『何だか、息子より本当の娘みたい』とさえ言われた。

義母があの日のことを引きずっていたとは思えないし、そもそもあのときの言葉が義母の本心だったとも思わない。非常事態にこそ本性が出る、という言葉があるけれど、やはり非常事態に出るのは非常事態の感情であって、それがその人の本質や本音だと考えるのは早計だ。

なのに、なぜ、今になってあの言葉を思い出しているのだろう。別に義母に対して不満やわだかまりを抱き続けてきたわけでもないのに。

私は重くなってきたまぶたを下ろし、長く息を吐き出した。

――もし、子どもを産んでいたら、どうだっただろう。

それは、これまでに何回も何十回も考えてきたことだった。私と夫の子は、どんな子どもだったのか。子どもを育てる人生とは、どのようなものだったのか。もし子どもがいれば、自分が先に他界しても夫は一人にならなくて済んだのか。

五十六歳――その数字をどう捉えればいいのか、考えるほどにわからなくなる。

二十代の頃、五十代なんて途方もない未来に自分が生きていることさえ上手く想像できなかった。けれどいざ五十代になって病気になり、もうこの先に未来はほとんど残されていないのだと告げられると、自分はどこかで平均寿命まで生きるはずだと信じていたことに気づかされる。

その、あるはずだった道が突然閉ざされたことに、意味づけをせずにはいられない。もっと頻繁に健診を受けるべきだったのかもしれない。食生活に問題があったのかもしれない。何かバチが当たったのかも——でも、そうではないのだ。そもそも平均寿命というものは平均でしかないのだから、それを基準に考えること自体がナンセンスなのだとわかっていてもなお、本来なら与えられるはずだったものを奪われたような気がしてしまう。そして、その原因は自分にあるのではないかと。

夫は、これからどのくらい生きるのだろう。どうか長生きしてほしいと願いながら、添い遂げようと誓った相手を置いていかなければならないことがたまらなくなる。

結局、私は夫に何も残してあげることができなかった。そう思うと、全身から力が抜けていくような虚しさと、居ても立ってもいられなくなるような焦燥《しょうそう》感が同時に湧いた。いや、夫に対してだけではない。私はつまるところ、この世に何も残せはしなかったのではないか。

まぶたを持ち上げると、夫は相変わらず鉋をかけていた。時折、刃砥ぎや裏金の調整をしながらも、懸命な手つきで鉋を動かしている。

規則的に響く這うような音。

夫は昔から年に数回、夜中にうなされることがあった。悪い夢でも見たのかと尋ねても答えることはなく、翌日には決まっていつもより長く鉋をかけていた。

私はゆっくりと時間をかけて上体を起こす。夫が手を止め、首だけで振り向いた。問うような視線に、私は迷いながら口を開いていく。

「ねえ、あなた」

思いつき、というほど意味のある考えだと思っていたわけでもなかった。確信があったわけでもない。

ただ、何も残せないのなら、せめて引き取れないだろうか、と思っただけだった。

夫を苦しめている何かがあるのなら、それを。

「もしあなたが何か苦しいことを抱えているのなら、私があちらに持っていきましょうか」

夫の小さな目が、見開かれていく。

「別に話したくなければ、話さないままでも構いません。ただ、もし持ち続けているのがつらいことがあるのなら、私に預けたと思って手放してしまうのもいいんじゃないかと思って」

瞳が揺らぐのが見えた。

ごと、と重いものが作業台に置かれる音が響く。夫の乾いた唇がほんの少しわななき、喉仏が上下した。

数秒後、夫はすっと息を吸い込む。

「俺は昔、人を死なせたことがある」

長い間、暗がりにしまい込んできたものを恐る恐る取り出すように、静かに語り始めた。

*

工業高校を卒業してすぐ、光村《みつむら》工務店で働き始めた。

基礎は高校の授業で学んではいたものの、当然即戦力になれるわけでもない。まずは大工見習いとして雑用をこなしながら現場で経験を積み、五年もすれば一応見習いという言葉は取れるが、一人前として認められるようになるには最低でも十年はかかるという話だった。

その、五年目のある日、職場で一本の電話を受けた。

『遅い！』

受話器を持ち上げるなり飛んできた罵声《ばせい》に、誰何《すいか》するまでもなく相手がわかってげんなりする。

その一瞬の間を鋭く咎《とが》めるように、『ったく』という舌打ちが続いた。

『最近の若いのは挨拶もろくにできやしない』

「すみません、いつもお世話になっております、光村工務店です」

咄嗟《とっさ》に背筋を伸ばして答えると、ふん、と鼻を鳴らす音が響く。

『いいか、お世話になっておりますってのは相手の名前を聞いてから言うんだよ。常識だろうが』

「えっと、中西《なかにし》様ですよね？」

『そういうことを言ってんじゃねえよ』

中西は憤然として吐き捨てた。俺は「すみません」と首を縮めながらも、ここで名前を出さなければ、おまえは得意客の名前も覚えられねえのかと言われていただろうとも思う。実際、何度かそう怒鳴られたことがあったからだ。

最初に中西を怒らせてしまったとき、叱責《しっせき》を覚悟して親方に報告すると、親方は『誰が得意客だよ』と笑った。『中西の用事なんて、どうせ椅子のがたつきを直せとか、電球を替えろとか、そんなもんばっかじゃねえか』

親方の言葉は本当だったと、すぐに身をもって理解することになった。中西は依頼頻度こそ月に数回と多いものの、どれも本来の工務店の業務ではなく、得意客へのサービスを求めているに過ぎなかった。時折、網戸の修繕や壁紙の貼り替えなどの依頼もあるにはあったが、何にしても金額は大きくない。

だが、それでも中西でなければ、ここまで悪《あ》し様《ざま》に言われることもなかっただろう。

中西は、工務店の誰からも嫌われていた。呼びつけられて行って作業をすれば、「この程度の仕事で金が取れるんだから楽でいいよな」とせせら笑われ、少しでも世間話をするような間があれば、飲食店で料理が出てくるのが遅かったと苦情を入れてタダにさせたという自慢にもならない自慢や、娘が孫の顔も見せにこないといった愚痴《ぐち》を延々と聞かされる。

ベテランの大工ほど中西の家には行きたがらず、そもそも中西はベテランの大工でなければ務まらない仕事を依頼してくるわけでもない。必然的に一番の新米である自分が中西を担当することになった。

ため息をこらえながら、ボールペンを構えた。それで、と尋ねかけたところで、『おまえのところではどんな改築ならできるんだよ』と遮《さえぎ》られる。

「改築？」

訊《き》き返した途端、斜め前にいた親方が顔を上げた。無言で腕を差し出され、慌てて中西に電話を替わる旨を伝えてから親方に受話器を渡す。

しばらくして電話を切った親方の話によると、中西が依頼してきたのはそれなりに大がかりな改築工事だった。妻には先立たれ、娘も嫁いでいって部屋が余っているから、二階の部屋を二つ潰して居間の中心に吹き抜けを作りたいのだという。ついでに台所や浴室の設備も最新のものに替えたいということで、かなりまとまった額の工事になり、他の顧客よりも手間がかかるだろうことを見越してもなお旨味《うまみ》がある仕事になりそうだった。

これは俺にとっても願ってもない話だった。親方や実際に作業に携わるベテランの職人たちが直接中西と打ち合わせをするなら、自分は担当から外れられるからだ。勉強のために同席こそすれ、これまでのように愚痴や怒声の矛先《ほこさき》になることはあるまいと思うと幾分気が楽で――けれど蓋を開けてみれば、その目算は誤りだった。

いくら中西とは言え、押しが強く迫力のある親方には言い負かされることも多く、そのたびに鬱憤《うっぷん》をぶつけられるのはやはり自分だったのだ。

中西は、親方が提示した案を一度は呑んでも、しばらくすると俺に対し「素人だからぼったくってもわからねえだろうと高をくくっているんだろうが、そうはいかねえからな」と唾を飛ばし始める。複数の会社からの見積もりを揃えて説明を重ね、やっとのことで工事を進めても、標準的な規格の段差で躓《つまず》いたというだけで手抜き工事のせいだと騒いだ。

結局、親方自ら細かく工事箇所の説明をして無事に引き渡し書に署名をもらえたのは、通常の工期よりも半年以上遅れてからだった。

署名をしてもなお「こんな工事で大金ふんだくりやがって」と絡《から》み続ける中西を何とかかわして工務店に戻ると、工事に関わった職人たちは皆、無事に署名をもらえたか気が気でなかったらしく、一斉に腰を上げて「どうだった」と口にした。

そして、親方の「今日はもう切り上げて打ち上げでもするか」というひと言で場がわっと沸いた瞬間——

工務店の電話がけたたましく鳴り、全員が動きを止めた。

嫌な予感がした。そして、誰もが同じことを考えているのか、誰も電話に向かって手を伸ばそうとしない。

焦燥感を煽《あお》るようなそのベルの音は、中西の怒鳴り声によく似ていた。おい、おまえら何サボっていやがるんだ。上手く隠れているつもりでも俺にはわかるんだからな。

まるで本当にどこかで見張っているかのようなタイミングに、もはや恐怖に似た思いを抱きながら電話に出る。

「はい、光村工務店で……」

『おい、どうしてくれるんだ！』

受話器から飛んできた怒鳴り声は、ビリビリと空気が振動するのを感じるほど大きく響いた。名乗る言葉はなかったが、もちろん名前を問いかける必要はない。全員の視線を受け止めながら、腹に力を込めた。

「あの、何か問題がありましたか」

『問題なんてもんじゃねえよ！　とんだ欠陥工事じゃねえか！』

受話器を耳から少し離し、親方を見る。親方は眉間《みけん》に皺《しわ》を寄せて煙草に火をつけた。けだるげにくゆらせる仕草に、俺は思案してから受話器を握り直す。

「つい先ほど、一緒に工事箇所を確認して引き渡し書にも署名していただいたはずですが……」

『さっきはついた電気がつかねえんだよ！』

一瞬、言葉が出てこなかった。は、と訊き返しそうになるのを、何とか堪える。

現地に確認に行くまでもなく、原因ははっきりしていた。

電球が入っていないのだ。

検査の際に親方が電球を入れて電気をつけてみせ、電球が切れたらまた工務店に連絡をもらえれば交換に来ると説明したところ、中西は『そうやっていちいち金を取る気なんだろう』と毒づき始めた。

『脚立さえあればこんなもの誰にでも替えられるんだからな』

その言い草には親方もカチンときたのだろう。『そしたら、この電球は外してもいいですね』と平坦な声で言い、中西が『どうせ素人には替えられないと思って足元を見てやがるんだろうが』と吐き捨てると、さっさと外してしまったのだ。

俺が「あの、電球は」と言いかけた途端、中西はそうした経緯を思い出したのか『うるせえ！』と激昂《げっこう》した。

『そんなことはわかってんだよ！　俺は、あれだけ金を払って工事させてやったのに電球代もケチりやがるおまえんとこのやり口が気に食わねえって言ってんだ！』

俺は音を立てずに息を吐く。だが、それは安堵《あんど》ゆえでもあった。本当に欠陥工事というわけではなかったのだから。

「電球、入れに行きましょうか？」

『当然だろうが』

怒鳴り声と共に電話が切れた。俺は今度こそ長いため息を吐き出す。

受話器を戻し、打ち上げには電球を入れてから向かうと告げた自分を、工務店の面々はお人好しだと笑った。あんなやつ、放っておけばいいじゃねえか。そうだ、あいつは脚立さえあればこんなもの誰にでも替えられるって言ってただろう。

自分でも、どうして行くと言ってしまったのかわからなかった。吹き抜けの電球を替えるには三メートル近い脚立を使わねばならず、そんな脚立はこの辺のホームセンターでは売っていないだろうと思って申し出てしまったが、考えてみれば中西には他の工務店に頼むという選択肢もあったのだ。これを機に中西が他の工務店に鞍替《くらが》えしてくれれば、今後も中西から呼びつけられることはなくなったというのに。

中西の家が近づくほどに後悔は増し、それでも何とか「他の工務店はこんな依頼は受けない。このまま電球が入れられなければ困るだろう」と自分に言い聞かせて車を降りたのだが、出迎えたのは中西の仏頂面と「金儲けのためにこんなデザインにしやがって」という言葉だった。

俺は、両手で脚立を抱えたまま呆然《ぼうぜん》と立ち尽くした。

金儲けも何も、吹き抜けにしたいと希望したのは中西自身だ。掃除や電球を替える手間が増えることは何度も説明したのに、中西が『いいから言われた通りにやれよ』と言い張ったのだ。

――第一、この程度の手間賃で本当に儲けが出るとでも思っているのだろうか。

むしろ出張代を考えれば完全に赤字だというのに。

「……別に、お代はいりませんよ」

俺は低く言いながら玄関にいる中西の脇を通り過ぎた。そのまま勢いよく奥へと進んでしまいたかったが、無造作に進んだら壁に脚立の脚が当たってしまいそうでそっと進むしかない。縮めた脚が伸びないよう留め具を横目で確認していると、何グズグズしてんだ、という声が後ろから飛んできて、耳の裏が熱くなった。こんなことなら縁側から入ればよかったと後悔するが、引き返せば引き返したで罵《ののし》られるだけだろう。

俺は手早く作業を終え、とにかくさっさと工務店に戻ろうと踵《きびす》を返した。だが、玄関まで戻ったところで、「おい、おまえ」と呼び止められる。

「はい」

顔から表情を落としたまま振り返ると、中西は俺が脇に抱えていた脚立を顎《あご》でしゃくるようにして示した。

「その脚立、いくらだ」

「は？」

一瞬、何を言われたのかわからなかった。中西の視線に促されて脚立を見下ろした途端、『脚立さえあればこんなもの誰にでも替えられるんだからな』という言葉を思い出す。

――まさか、本気で自分で替えるつもりなのだろうか。

「これは売り物では……」

「そんなことはわかってんだよ」

中西は苛立《いらだ》ちを隠そうともせず舌打ちをした。

「だけど、この電球はその辺の脚立じゃ替えられねえだろうが」

「いや、ですから、またご連絡をいただければ替えにきますけど」

「そんなに小金が欲しいのか」

中西が心底馬鹿にするように唇を歪める。俺は唖然《あぜん》とし、遅れて押し寄せてきた疲労感に微かな眩暈《めまい》を覚えた。

「そうじゃなくて、危ないんですよ。かなり高さがありますし」

「年寄り扱いするんじゃねえよ。おまえのところの親方だってそう歳は変わらないじゃねえか」

中西は嚙みつくような口調で言い返してくる。俺は空《あ》いている手でこめかみを揉んだ。たしかに親方は今年六十七歳になるし、中西とほぼ同世代だと言えるだろう。だが、長年大工として働いてきた親方と中西とでは、当然身体能力が違う。

「それは親方が特別なんですよ」

「そんなに言うならもう一度立ててみろよ。上ってみせてやるから」

なぜこんな流れに、と思いながらも、中西には逆らいきれなかった。仕方なく床に脚立を横たえ、留め具を外して収納されている脚をずるずると引き伸ばしていく。踏《ふみ》ざんをつかんで留め具をかけ直し、ゆっくりと立ち上げた。実際に上ってみたら諦《あきら》めてくれるかもしれない、という目算もあった。脚立というものは、いざ自分が上ってみると傍《はた》から見ているよりもずっと高く感じられるものだ。

だが、予想外に中西は危なげない足取りで脚立を上ってみせた。

「つたくおためごかし言いやがって。これで文句はねえだろうが」

嘲《あざけ》る声音で言われ、目が泳ぐ。数秒考えてから、

「脚立を買う方がよほど高くつきますよ」

と口にした。中西が損得にこだわっているのであれば、あくまでも同じ土俵で話した方が効果があるのではないかと考えたのだ。実際、この業務用の脚立はかなり高価だ。たとえ毎月電球を替えるようなペースだったとしても、とても元は取れないだろう。

するると、中西はムッとしたように顔をしかめた。

「俺が金を持ってないとでも思ってんのかよ」

——どうして、そんな話になるのか。

身体から力が抜けていくのを感じる。ああ言えばこう言う、という言葉が浮かんだ。そうだ。この男は、ただ相手に文句をつけたいだけなのだ。

「金ならあるんだよ」

中西が、まるでドラマに出てくる悪役のように言いながら財布を広げる。俺は思わず視線を向け、ぎょっと目を剝《む》いた。大量のお札が無造作に突っ込まれた財布は、折り畳めないほどパンパンに膨らんでいる。

「こんな大金、見たこともねえだろ」

中西は下卑《げび》た笑みを浮かべ、もったいつけた動作で財布から金を抜いた。

「で、いくらだ」

何となく金を直視できずに顔を伏せる。

「……親方に聞いてみないと」

「使えねえな」

中西は鼻を鳴らし、じゃあ電話貸してやるよ、と電話機を親指で示した。数秒迷ったものの、ひとまず工務店に電話することにする。

もう打ち上げに行ってしまっているかとも思ったが、親方は一応心配してくれていたらしく、すぐに電話に出て『どうした』と尋ねてくれた。言葉を選びながら経緯を説明すると、『あ？』と怪訝《けげん》そうな声を出す。

『何言ってんだ。脚立なんていくらすると思ってんだ』

「でも、お金ならあるそうで……」

「何グズグズしてんだ、貸せ」

焦《じ》れたらしい中西に受話器を奪われた。そのまま中西が乱暴な口調ながら同じ説明をし、何を話しているのかわからないうちに突然乱暴に電話を切る。どんな話になったのだろうと思ったが、中西は説明するでもなく再び財布を開けた。一度すべてのお札を出してから、黒ずんだ指先を舐《な》めて生々しくめくる。

「ほら、これで文句はねえだろ。それ、置いていけ」

「え、でも……」

視線が電話機へと泳いだ。親方は、本当にいいと言ったのだろうか。

「これはうちの店で使っているものですし、どうしてもということであれば、お金をお預りして新しいのを買ってきますけど」

「今電話で聞いたんだよ。これは少し前の型だから完全に同じのは手に入らないかもしれないって話だ」

「じゃあ、同じようなものを探して……」

「これがいいって言ってんだろうが」

中西は俺に金を押しつけて脚立をつかんだ。

「おまえらが売り物として持ってきたものじゃない方が、まだ信用できるって言ってんだよ」

仕方なく使い方や注意点を説明してから工務店に戻ると、親方は「何だ、本当に売っちまったのかよ」と呆れたように言った。俺は慌てて、「やっぱりまずいですよね」とトラックへ駆け戻る。

「今、取り返してきます」

「ああ、いいっていいって」

運転席のドアを開けたところで、親方が苦笑した。

「金は受け取ってきたんだろ。使い古しの方がいいってあいつが言ってんなら、うちはその金で新しいのを買えばいいってだけだ」

手のひらを差し出され、俺はあたふたと中西から渡された料金をその上に載《の》せる。親方は枚数を数えながら唇の端を持ち上げた。

「これでもう電球を替えろって呼び出されることもなくなるだろうし、まあ、怪我の功名《こうみょう》ってやつだな」

その後、遅れて行った打ち上げの席でも、みんなから「よくやった！」と肩を叩かれた。

そして、本当にそれ以降中西から呼び出しが来ることもなくなり、徐々に彼の存在を思い出すこともなくなっていった。

だがその半年後、中西がその脚立から落ち、頭を打って死んだのだ。

夫の口調は最後まで静かで、だからこそ様々な感情が内側で渦巻いているように聞こえた。

「それは、あなたのせいじゃないでしょう」

陳腐な言葉だとわかりながら、言わずにはいられなかった。

どう考えても、夫が悪いとは思えない。完全に、その中西という男の自業自得ではないか。

だが、夫は表情を和《やわ》らげることなく、鉋に顔を向けたまま唇をほとんど動かさずに続けた。

「脚立が、壊れていたらしいんだ」

「壊れていた？　でも売った直前まであなたが問題なく使っていたんでしょう？」

夫は力なく首を振る。

「いつ壊れたのかはわからない。俺のところに来た刑事の話では、上から五段目の踏ざんの片側が錆《さ》びていて体重をかけた拍子に外れてしまったらしい。そこは脚を伸縮させるための留め具を動かす際に必ずつかむ場所だから、俺が売ったときには壊れていなかったのはたしかだが……どうも錆止めがそこだけ剝げてしまってたみたいなんだ。工務店では屋内の作業場で保管してたんで特に問題はなかったが、中西さんの家では雨ざらしにしていたものだから、そこだけ錆びてしまったんだろうという話だった」

「だったら、やっぱりあなたのせいじゃないじゃありませんか」

*

ただ、運が悪かっただけ

私は腹の中の何かが沸騰《ふっとう》するような感覚を覚えていた。数瞬して、それが怒りだと気づく。久方ぶりの感情だった。動悸が速くなり、眩暈がする。

何度も夜中にうなされていた夫の姿が蘇った。苦しそうな唸《うな》り声、聞いているこちらまで身が竦んでしまうような歯ぎしりの音――その原因が、こんな理不尽なものだったということ。

「その中西っていう人がちゃんと管理していなかったのが悪いんじゃないの」

夫は、今度は首を振らなかった。だが、うなずくこともない。

「たしかに、警察からもそう言われたよ。劣化は誰にも予測できなかったし、普通は使うときだけ伸ばす伸縮式の脚立を、伸ばしたまま保管してるなんてのも予想できなかっただろう。だから責任を感じることはない、と」

「じゃあ」

「だけど、それでも俺があのときあの脚立を売っていなければ起こらなかった事故なんだよ」

夫の目は、宙を見ていた。瞳が一瞬だけ揺らぎ、またすぐに曇る。

「俺はあの日、脚立を持って帰るべきだったんだ。何を言われようと、とにかく親方に直接相談してから出直しますと言い張るべきだった」

「そんな……」

私は言いかけ、そのまま続けられなくなった。考えをまとめることもできずにいるうちに、夫が再び口を開く。

「たとえ一度は置いて帰ってきてしまったとしても、戻って取り返すことはできた。落ち着いて本当に脚立が必要なのかを考えてもらって、それでもどうしてもほしいと言うのなら新品を買ってくるべきだった」

そんな、という言葉が、今度は声にもならなかった。夫はきっと、どこをどうしていれば避けられた道だったのか、繰り返し考えてきたのだろう。そして、分かれ道を見つけるたびに自分を責めてきたのだ。

「親方も先輩も、みんな気にすることはないと言ってくれたよ。おまえのせいじゃない。俺だっておまえの立場なら同じようにしていたと……中西さんの娘さんも」

夫が、しぼり出すような声音でつぶやく。

私はハッと顔を上げた。娘さん——言われるまで、中西の家族の存在を忘れていた。たしかに先ほどの夫の話には、妻に先立たれ、娘も嫁いで部屋が余ってる、という言葉があったのに。

「娘さんは、俺を責めるような言葉はひと言も口にしなかったよ。むしろ、こんな後味の悪いことに巻き込んでしまってすみませんと言ってくれた。それでも俺が顔を上げられずにいたら、『あの日、脚立の反対側を使って上っていれば、父は落ちることもなかった。ただ、運が悪かっただけなんです』とさえ」

どんな思いで、そんな言葉をかけてくれたのだろう。胸を突かれると同時に、ありがたい、とも思ってしまう。少なくとも、夫は遺族から責め立てられたわけではなかった。

だが、夫は、

「事故が起きた日——娘さんは約二十年ぶりに実家に帰ってきていたそうなんだ」

と、声を沈ませた。

「二十年ぶり?」

私が訊き返すと、ああ、と目を伏せる。それから、ほんの少し迷うような間を置いてから唇を薄く開いた。

「娘さんの話だと、結婚を反対されて駆け落ち同然に家を出て以来、ほとんど連絡すら取っていなかったそうだ。孫の顔を見せたこともなく、これからも見せるつもりはなかった」

「だったらどうして……」

「娘さんに病気が見つかって、余命宣告をされたらしい」

夫は、今度は間を置かずにひと息に言った。

「死ぬかもしれないと思って初めて、このままでいいんだろうか、と考えたそうだ」

私は皺だらけの自分の手を見下ろしながら、「ああ」とうなずいた。

その気持ちは、わかる気がした。死ぬ前に、せめて少しでも後悔を失くしておきたい。最期の瞬間、自分の人生を否定しながら死んでいきたくはない。今まさに私が抱いている感情だった。

「だけど結局、中西さんは孫の顔を見ることなく亡くなってしまった」

夫は、独りごちるような声音で言い、鉋をぐっと両手で握った。

「その日は、お孫さんは来ていなかったの?」

「まず、彼女だけが会ってみて、もし父親が昔とは変わっていて、少しでも和解できそうだと思えたら、日を改めて連れてくる気だったそうだ」

夫は眉根《まゆね》を寄せた。

「……結婚を反対されたとき、『子育てに失敗した』と言われたらしい。ガイジンなんかと結婚したって、差別されるだけで幸せになれるわけがない、と」

私は、息を呑んだ。

「何てことを……」

夫も苦虫を噛み潰したような顔をする。

「ああ、ひどい話だよ。発言自体もひどいが、当の自分が差別的な発言をしている自覚がないところがたちが悪い」

そんな言葉を実の父親から投げつけられて、娘さんは一体どんな思いがしただろう。

『おまえは本当に、かわいげがない』

父親から幾度となく言われた言葉が蘇った。何気なく言われた言葉でさえ、まるで呪いのように常に意識の奥に沈んでいるのだ。ましてや、「子育てに失敗」なんて言葉で、存在自体を否定されたとしたら——もう二度と会いたくないと思っても無理はない。

だが、それでも彼女は死ぬ前にもう一度、父親に会うことを選んだのだ。

——もしかしたら、父親は変わってくれているかもしれないと、一縷《いちる》の望みをかけて。

「きちんと話をする前に、事故が起きてしまったの？」

「ああ、久しぶりに訪れた実家が様変わりしていることに娘さんが驚いて、まず改築箇所を説明する流れになったらしい。それで、ちょうど吹き抜けの電球が切れていたから中西さんが電球をつけ替えようとして……」

夫が息を吐く音が聞こえた。私も、両目を閉じて長く息を吐く。

――何て、間が悪い。

いや、まだよかったと考えることもできるのだろうか。

夫の話からすれば、中西が娘さんの知っている頃と比べて変わったとは思えない。むしろ、再び失望せずに済んだだけでもましだったと言えるのかもしれない。

だが、私がそう言うと、夫は力なく首を振った。

「彼女は、『父が何も変わっていないのは、会ってすぐわかった』と言っていたよ。『父は私が家の中に脚立を運び込むのを手伝ってもくれなかったし、ドアを押さえながら私がふらつくのをただニヤニヤ笑って見ていただけでした』と」

夫が、ゆっくりと顔を上げた。

「それに、娘さんは二十年ぶりに会った父親に失望しただけじゃ済まなかったんだ」

私の方を向き、ため息交じりに続ける。

「彼女は、父親を殺したんじゃないかと疑われてしまったんだよ」


ちょっと待って、と私は手を伸ばした。

「中西さんが亡くなったのは、脚立の――何ていうか、はしごの段の部分が錆びて外れて落ちてしまったことによる事故だったんでしょう？」

「ああ、それは間違いない。事故の直後に駆けつけた救急隊員の話によれば、中西さんは救急隊員が来たときにはまだ息があって、途切れ途切れながら会話もできたらしいから。彼は『脚立から落ちた』とは口にしたけれど、たとえば娘さんに何かをされたというようなことは言っていなかった。あとはただ譫言《うわごと》のように『どうして、俺が』とばかり繰り返していただけで」

「だったら、何で殺したなんて話になるの」

意味がわからず、思わず口調が強くなってしまう。夫は困ったように眉尻《まゆじり》を下げた。

「それはそうなんだが……何でも、未必《みひつ》の故意、というやつじゃないかって話で」

「彼女は脚立が壊れていることを知っていて、使えば事故が起こるかもしれないと思いながらわざと父親に使わせたんじゃないかってこと？」

私が訊き返すと、夫は少し驚いたような顔をする。

「よくわかるな」

それは、夫がよく私に言ってくれる言葉だった。十和子は本当に頭がいいなあ。俺はさっぱりわからなかったよ。父親なら、おまえはかわいげがないと切って捨てるような場面で、夫は必ずそう言ってくれた。

夫は、「まさにそういう話だよ」とうなずいた。

「そもそも錆止めを剝がしたのが彼女なんじゃないかと疑われたらしい」

「でも、実家に帰ったのは二十年ぶりだったんでしょう？」

「ああ。娘さんが警察に証言した話によれば、父親に言われて外に置いてあった脚立を縁側から室内に運び込むまではしたけれど、脚立に触ったのはそれが最初で最後だったそうだ。——だが、それは嘘で、本当は父親が脚立を買った直後に一度実家に帰っていたんじゃないかと疑う人がいたらしい。その際に錆止めを剝がしておいて、しばらく経《た》っても事故が起こらないことに痺《しび》れを切らしてもう一度帰って脚立を使うよう誘導したんじゃないかって……まあ、警察がというより近所の噂レベルの話だが」

——そんな馬鹿な。

私は脱力した。

たとえ錆止めを剝がしておいたとして、それで実際に事故につながるほどの錆び方をするかどうかは誰にも予測できない。それに、夫が警察からも言われたように、そもそも脚立の脚を伸縮させていればすぐに壊れていることがわかったはずなのだ。

いくら、よりによって不仲の娘が二十年ぶりに帰ってきたその日に事故が起きるなんて間が悪すぎるのだとしても、だから娘のせいだと考えるのは飛躍しすぎというものだろう。

だが、夫は「娘さんが疑われた理由は単純なんだよ」と口にした。

「中西さんが、大金を持っていたからなんだ」

私は「あ」と声を漏らす。そう言えば、話を聞きながら気になっていたことではあったのだ。改築費用といい、脚立の料金といい、妙に羽振りがいい印象だった。それまでは吝嗇《りんしょく》で、決して金払いがいい客ではなかったようなのに、一体どうしたのだろう、と。

「宝くじの一等を当てたらしい」

「宝くじ?」

思わず声が裏返った。

「ああ。当時の額で三千万円、その中から自宅の改築費用を払っても、事故の時点で二千万円近く残っていたらしい」

二千万円――たしかに大金だ。

「娘さんは、事故の当日に帰るまで宝くじの話なんて知らなかったと主張したが、信じてもらえなかったそうだ。二十年も会っていなかったのに、急に会いに行くことにしたのは、宝くじの話を聞いたからじゃないか、と」

「でも、それは、自分がもう長くないことがわかったから……」

「まあ、ほとんどやっかみみたいなものだろう。彼女は結局そのままそのお金を相続することになったわけだから」

ふいに、何年か前にテレビで見た「高額当選者の末路《まつろ》」という番組が脳裏に浮かんだ。当選者が強盗に襲われたという海外での事件、飛行機の墜落事故の被害者の中に当選者がいたという話、当選者の家で起きたという相続トラブル――どれも、その不幸を面白がるような調子だったように思う。やっぱり宝くじなんかに当たるとろくなことがない。そんな、どこか負け惜しみにも似たニュアンスが「末路」という言葉の選び方にも表れていた。

そうだ。たしかに二千万円はまとまったお金だったろうが、遺産として考えればそれほど突出して大きな金額でもない。なのにそこまで注目されたのは、それが宝くじの当選金だったからではないか。

私は枕に後頭部を押し当て、ため息をついた。

「それで、結局その娘さんは疑われたままになってしまったの？」

「いや、しばらくして疑いは晴れた」

夫は数分かけて机の引き出しから一枚の紙を探し出し、私に差し出す。

端《はし》が黄ばんだ厚みのある紙の上部には、〈研修プログラム〉という文字が見えた。

「これは……」

戸惑いながらも受け取ると、夫は「裏に中西さんの体験談が載っているんだ」と言いながら裏面へ返す。夫が指さした先には、小さな太字で〈中西茂蔵《しげぞう》さん　七十一歳〉と書かれていた。

「娘さんいわく、この研修プログラムってのは今でいう自己啓発セミナーのようなもので、当時アメリカで流行していた金持ちになるための哲学をアメリカ帰りの講師が教えるというものだったらしい。簡単に言うと、善行こそが運を引き寄せるっていう教えだ」

「自己啓発セミナー」

私は口の中でつぶやくように復唱する。理解が追いつかないままに体験談の本文へ目を向けた。

〈私は、このプログラムのおかげで宝くじの一等を当てました。ただ、考えてみれば、教わったことはすべて幼い頃から自然に実践してきたことのようにも思います〉

冒頭は、そんな文章から始まっていた。おそらく口頭でのインタビューを丁寧な口調に直してまとめたものなのだろう。

〈お金持ちというと、ケチくさいとか、悪どいとか、そういうネガティヴなイメージがあるでしょう。でも実はそういう輩《やから》はいわゆる小金持ちで、本当のお金持ちにはむしろ人格者が多いんですよ。

ケチくさいどころか、どんどん人にあげてしまう。道でゴミを拾ったり、道理に反したことをしている人がいれば指摘してやったり、そういう「善行」を誰かの目を気にしてとか見返りを求めてとかじゃなくて、自然にやるんですね。

人の悪口は言わないし、身なりはもちろん家の中もいつも綺麗にしている。それからご先祖様を大切にしていますね。こまめにお墓まいりに行ったり、仏壇に毎日ご挨拶をしたり。そう、挨拶は大事ですよ。最近は挨拶もろくにできない若者が多いですけどね。

やっぱり神様はそういうところをきちんと見てくれているんだと思いますよ。だから無理にお金にがめつくならなくても勝手に運気が上がっていくんです。

あとは、大金を手にしたことは無闇《むやみ》に人に話さない。妬まれるとトラブルになりますから。そういう悪い気から距離を取るのも肝要です。私も宝くじのことは娘にも話していませんよ〉

そこまで読んだところで目が泳ぐ。神様、という単語の上に何度か視線が引き寄せられ、慌ててまばたきをした。

夫から聞いた話と「善行」という言葉が繋げられることに、ひどい違和感がある。たしかに中西は挨拶を重んじていたとは言えるだろうし、人に対して何かを指摘するということも日常的に行ってきただろう。

だが、果たしてそれは、ここで言われている「善行」と一致するのだろうか。

「中西さんがこの研修プログラムを受講したのは事故の直前で、体験談を寄せてすぐ亡くなってしまったそうだ」

夫はそこで一度言葉を止めて、文面の中ほどを指さした。

「ここに、中西さんは娘さんに宝くじの話をしていなかったと書かれているだろう?」

そう言われてようやく、夫がこんなパンフレットを見せてきた理由がわかった。

なるほど、たしかに事故の直前の時点で中西が娘に宝くじの話を伝えていなかったことが事実なら、少なくとも当選金目当てで事前に脚立に細工をしていたという線は消える。

だが、私は納得しかけて、ふいに引っかかりを覚えた。

「……でも、それだと順番がおかしくない?」

研修プログラムを受けたのが事故の直前で、その後に宝くじを当てたとなると、当選金で改築をしたわけではないことになってしまう。

すると夫は、自分でもどう咀嚼《そしゃく》すればいいのかわからないというような顔で、パンフレットを見下ろした。

「いや、実はそうなんだ。警察が調べたところ、このプログラムのおかげで宝くじを当てたという話自体がそもそも嘘なんじゃないかって」

「嘘？」

「ああ、つまり本当の順序としては、まず宝くじが当たって、改築をして、それから研修プログラムを受けた、と」

それはつまり、どういうことだろう。

――中西は、既に大金を手に入れていながら、金持ちになるための方法を必死になって聞く他の受講者たちの中に敢えて紛れ込んでいた？

ぞわりと、二の腕の肌が粟立《あわだ》った。

一瞬、見たこともない男の顔が浮かんだような気がする。いや、それは顔ではない、表情のイメージだ。周囲を上目遣いで探りながら、零《こぼ》れそうになる笑いを噛み殺している男――中西はさぞ気持ちがよかったことだろう。自分はおまえたちとは違う。先生の言う「人格者」であることが既に証明されているんだ。そんなふうにほくそ笑んでいたのではないか。

私は再び体験談に目を落とした。〈ネガティヴ〉というあの世代が使うにはそぐわない単語が浮かび上がって見える。これは、実際に中西自身が口にした言葉なのか、それとも原稿にまとめる際に取材者が言い換えた言葉なのか――どちらにせよ、中西は研修プログラムの中で語られる哲学をいたく気に入っていたに違いない。

なぜなら、それは中西の生き方を肯定してくれる理屈だったのだから。

考えてみれば、当時中西は七十歳を過ぎていたのだ。大きな病気はしていなくとも、自分の行く先について思いを馳《は》せる機会はあっただろう。妻に先立たれ、娘には絶縁され、孫の顔も見られないまま一人で死んでいくだろう未来。

中西は、工務店の人間を呼びつけては、娘が孫の顔を見せないことへの不満を口にしていたという。それはつまり、それだけ気にしていたということだ。彼はきっと、考えまいとしながらも心のどこかで考えずにいられなかったのだ。自分の人生は間違っていたのだろうかと――だからこそ、そうではないと保証してくれる理屈にすがりついた。

自分は、天の神様に認められたのだから正しかったのだ、と。

「このパンフレットを娘さんに見せたのは、中西さん自身らしい」

夫は、嚙みしめるような声音で言った。

「大規模な改築がされている実家を見て驚いた娘さんに、中西さんは宝くじの話をしたんだそうだ。そして、この体験談を読ませた」

――これを、わざわざ本人に読ませたのか。

私はげんなりする一方で、そうだろうとも思う。おそらく、彼が誰よりも自分の正しさを思い知らせたかった相手は、娘さんだったのだろうから。

「娘さんは、『こんなものがあったおかげで疑いが晴れることになったのだから、ありがたいと言えばありがたい』と苦笑していたよ。結局、彼女もそれから間もなくして亡くなってしまったんだが」

夫は私の手からパンフレットを引き抜き、そのままそっと音を立てずにシーツの上に置いた。

夫は、細く長く息を吐き出した。

その反動のように勢いよく息を吸い込みながら、顔を上げる。

「たしかに、話すだけでも楽になるものだな」

先ほど私が口をつけた湯呑みをつかみ、自然な動きであおった。首から提げていた手ぬぐいで口元をぬぐい、私に向き直る。

「ありがとう」

いいえ、と答える声がかすれた。声が上手く出ない、と自覚した途端、全身がだるく火照《ほて》っているのを感じた。身体の内側が捻《ねじ》られるように痛み、息が詰まる。この数十分間、普通に会話をしていられたのが不思議なほど唐突で激烈な痛みだった。背中を丸めるや否や夫の手が伸びてきて、背中に触れる。

「悪い、疲れただろう」

夫が申し訳なさそうに背中をさすってくれる。肩甲骨の間から腰まで、ゆっくりと往復する手の温《ぬく》もりに、私は両目を閉じて集中した。

息を意識的に吐き出し、痛みの塊を身体から押し出していくイメージをする。それでも、少しでも気を抜いた途端に全身が強張ってしまいそうになる。

痛い、苦しい。それだけが意識のすべてになってしまうことが恐ろしい。

――ああ、どうして。

見えない力に引きしぼられていくように、身体の芯から感情が滲み出してきてしまう。どうして病気になどなってしまったのだろう。一体、私の何が悪かったというのだろう。考えても仕方がないとわかっているのに、何度も何度も打ち消してきたというのに、それでも湧いてきてしまう思いに、どうすればいいのかわからなくなる。

『まったく、理屈くさい』

――これは誰の言葉だったか。

本当に、理屈くさい。何にでも意味を求めずにはいられない自分。因果が見出せなければ何事も飲み込めない自分。

病気になったのは何かのせいではありません、ついそんなふうに思ってしまいがちだけど、そうじゃない。あなたは、ただ、運が悪かっただけ――これまで何度も聞かされてきた言葉が蘇り、その瞬間、頭の中で何かが弾《はじ》ける感覚がした。

何かが、引っかかった。

私は宙を見つめて夫の話を巻き戻す。どこだろう。私は一体、何に引っかかったのか――

「……なぜ、あんなことを言ったんだろう」

乾いた唇から言葉が漏れた。

「あんなこと？」

背中の温もりが、動きを止める。私は夫を振り向きながら口を開いた。

「『どうして、俺が』って何のことだったのかしら」

夫は目をしばたたかせる。

「何のことって……」

「中西さんは救急隊員の前で『どうして、俺が』って繰り返していたんでしょう？」

「一体どうしてこんなことに……って思って出た言葉なんじゃないか？」

「それだと『俺が』の部分の説明がつかないの」

そう、『どうして、俺が』という言葉は、あくまでも「俺が」に重点が置かれているのだ。

どうして、この俺が――

〈やっぱり神様はそういうところをきちんと見てくれているんだと思いますよ。だから無理にお金にがめつくならなくても勝手に運気が上がっていくんです〉

「中西さんは、自分の幸運に対して因果の意味づけをしていた。自分は運がいい、それは自分がこれまでにしてきたことが正しかったからだ。それなのに、どうしてこの俺が――」

私は言いながら、ある可能性に気づく。

脚立から落ちた中西は、頭を強打していた。しばらく意識があったとは言え、なぜ自分が足を踏み外したのか、起き上がって脚立を確認することは不可能だっただろう。だとすれば、中西は自分の身に何が起きたのか、正確には理解できなかったはずだ。

脚立の踏ざんの一カ所だけが壊れてしまっていたこと、そちらの側からさえ上らなければ落ちることはなかったということ。

「娘さんは、倒れていた中西さんに脚立のどこが壊れていたのかを説明したんじゃないかしら。そして、こう言った。――お父さんはただ、運が悪かっただけ」

お父さんのせいじゃないの。たまたま、お父さんが使った側だけが壊れていたのよ。――傍からは慰めているようにしか聞こえなかっただろうその言葉は、中西の耳にはどう響いたか。そして、その言葉を口にした彼女の思いは、どんなものだったのか。

天は、神様は、あなたの味方なんかじゃない。

あなたの人生は、正しくなんてなかった――

だからこそ、彼は『どうして、俺が』と繰り返していたのではないか。どうして正しい行いをしてきたこの俺が、よりによって二択を外すのか、と。

「……娘さんは、床に倒れている中西さんを放って、脚立のどこが壊れていたのかを調べたってこと?」

「ううん、彼女はきっと、その前から脚立が壊れていることを知っていた」

私は、布団《ふとん》の端を強く握りしめながら言った。

そう、その可能性には早い段階から気づいていたのだ。

「彼女は、縁側から脚立を運び込んだと警察には証言していたみたいだけど、あなたには父親がドアを押さえながら、ふらつく自分を笑って見ていたとも言っていたんでしょう？　よく考えるとそれはおかしいわよね？　縁側のような引き戸は押さえておく必要がないんだから」

夫の両目が、静かに見開かれる。私はその目を真っ直ぐに見据えながら続けた。

「つまり、彼女は本当は縁側からではなく、玄関から入った——そして、玄関から入ったのであれば、脚を伸ばしたまま運んだわけがない」

夫は玄関から脚を縮めた脚立を運び込んだとき、それでも壁に脚が当たりそうだったと言っていたのだから。

「あなたは、壊れていたのは脚を伸縮させるための留め具を動かす際に必ずつかむ場所だと言っていたでしょう」

だとすれば、玄関から入ろうとして、脚立の脚を縮めた彼女が損壊に気づかなかったはずがない。けれど彼女は——わざとそのことを、父親が使う前に伝えなかった。

「どうして……」

夫が視線をさまよわせる。私は視界が暗くなっていくのを感じながら、懸命に口を動かした。

「彼女は、父親を試そうとしたんじゃないかしら」

——そんなに運がいいと言うのなら、助かってみなさいよ。壊れていない側を選んでみなさいよ。

彼女には、父親をわざと壊れた方へ誘導することもできたはずだ。だが、おそらくそうはしなかった。本当にただ、試した。

父親の理屈が正しいのかどうかを、それこそ天に問うような気持ちで。

そして、中西は、その賭けに負けたのだ。

「娘さんは、助からない病気だったんでしょう?」

不治の病を抱えた身体で、彼女は父親が自慢げに口にする「運は自分の行い次第で変わるのだ」という――運不運も自己責任なのだという理屈を、どう聞いたのか。

「十和子」

夫の慌てたような声が近くから聞こえた。

「十和子、少し休もう」

背中に夫の手のひらの感触がするのに、私にはもう、その熱が感じられない。指先が震え、呼吸が速く浅くなる。

「娘さんは、気づいていて言わなかったの」

一瞬、背中に触れた夫の手が小さく跳ねた。私は、目をきつくつむる。

――私の考えが本当のことなのかどうかなんて、わからない。確かめようもない。

だけど、それでも私は断言した。

「だから、あなたのせいじゃなかった」

私は背中を丸めたまま動かない。いや、動けなかった。

身体を捻《ひね》って、夫の方を振り向きたい。夫を抱きしめ、ずっと彼がしてくれてきたように、私もその背中を撫でてあげたい。そう思いながらも、自分の身体にはもうそれだけの力さえ残っていない。

でも、もし、私の理屈くささが、この人の荷物を降ろすことに繋がったなら——

「十和子」

夫の声がかすれ、そのまま嗚咽《おえつ》に変わる。

耳の奥で響き続けていた鉋の音が、遠ざかっていくのを感じた。

# 埋め合わせ

最初に感じたのは、空が広くなった、ということだった。

微《かす》かに茜《あかね》さした空の青、生い茂る木々の深緑、フェンスの緑青色《ろくしょういろ》、プールサイドの浅葱色《あさぎいろ》、プールの水色——そのグラデーションを区切るはずの水の反射の位置がいつもよりも低いのだと気づいた途端、どん、と大きく心臓が跳《は》ねる。

——まさか。

一瞬にして血の気が引いていくのがわかった。

プールの水が、抜けてしまっている。

もつれる足を動かして機械室へと駆け込みながら、そんなはずは、と考えた。たしかに閉めたはずだ。午前中のプール教室の後、清掃のために一旦濾過器《ろかき》を作動させ、排水バルブを閉めた。まぶたの裏には、バルブを反時計回りに回す自分の手が映っている。

「あ」

喉の奥から小さな声が漏れた。

——違う。

あれは、今日の昼間のことではない。そうだ、今日は——機械室での作業中にスマートフォンが鳴ったのだ。

今晩飲むことになっている高校時代の軟式テニス部の仲間からで、本来ならば昼食休憩の時間だったこともあり、電話に出た。

予約したつもりだった店が取れておらず、別の店にする旨を送ったが、既読がつかないから念のために電話をしたのだという。チェックできずにいたことを謝ると、予約が取れていなかったのは店側のミスのはずなのに店員の態度が悪かったという愚痴《ぐち》が始まり、それに相槌《あいづち》を打っているうちに職員会議の時間になった。慌てて話を切り上げて職員室に戻り、日直として司会をし

――


ぽたり、と機械室の床に汗の玉が落ちた。

――やってしまった。

秀則《ひでのり》は奥歯を強く嚙みしめ、すぐに排水バルブを閉めにかかった。重たい栓を今度こそ回し、プールサイドへ出てゆっくりと給水口を開ける。まもなく、ドドドドという流水音が響いてきた。

――今から水を入れて、明日の午前中のプール教室までに間に合うか。

たしか、今年の六月、プール始めに入れたときには一日半かかっていた。だが、そのときは空《から》の状態からで、しかも夕方から始めて一度下校前に止めていたはずだ。この状態から一気に入れるとなるとどのくらいかかるだろうか。

どこかに説明書きのようなものがないかと、再び機械室へ戻って室内を探る。だが、壁に貼られているマニュアルには操作方法が書かれているだけでプールを満水にするのにかかる時間については言及がなかった。

秀則はジャージのポケットからスマートフォンを取り出す。プール、水、時間、で検索すると、一秒もかからずに結果がずらりと表示された。

その中の四つ目に、視線が引き寄せられる。

〈小学校プール水流失　ミスの教諭ら２４９万弁済〉

ひゅっと、喉が鳴った。

サイトを開くと、タイトルの下に自治体と学校名、〈プールの給水口の栓を閉め忘れ、水を大量に流失させるミスを起こした〉という記事が続いている。

さらに少し離れて〈県水道局からの多額の請求で判明。水道料金約２４９万円を校長、教頭、ミスをした23歳の女性教諭の３人で弁済、市教委は３人を厳重注意とした〉という箇所が目に飛び込んできた。

秀則は忙《せわ》しなく唇を舐《な》める。そう言えば、数年前に市内の別の小学校でもプールの水を誤って流してしまった事例があったはずだ。被害額がそれほど大きくなく全国ニュースにはならなかったものの、教育委員会から市の全小中学校に通達が来て、教頭が職員朝会でそれを読み上げながら注意を呼びかけていた。

あのときはどのくらいの量でどのくらいの額だったのだろう。たしか教師の実名までは書かれていなかったはずだが、学校名と年齢くらいは出ていた気がする。

震える指先で画面をスクロールさせた。きちんと文章を理解しようと思うのに、なぜか目が上滑りして数字ばかりが浮かび上がって見える。

――落ち着け。

秀則は、意識的に息を吐き出しながら自分に言い聞かせた。少なくとも、自分の場合はこれほどの額ではない。このニュースの教員は何日も排水バルブを開いたまま給水を続けてしまったようだが、今回はただプールの水を半分にしてしまっただけなのだから。

では、プール半分の水とはどのくらいの量なのか。長さ、幅、深さをかけて二で割ると――と考えたところで、いつもならすぐにできるはずの計算ができないことに気づく。電卓アプリを立ち上げて打ち込み、そこに現れた数字に指を止めた。

１９５――約二百立方メートル。

次に、一立方メートル当たりの水道料金を調べるために水道局ホームページの料金表を眺めたが、いまいち計算方法がつかめない。どれも家庭用の蛇口で一般的な使い方をした例ばかりで、金額の単位からして違うのだ。

数秒迷って、検索ワードに〈プール〉と追加すると、皮肉にも現れたのは〈２４９万円弁済！プールの水の値段とは？〉という、たった今読んだ事故についての検証サイトだった。

画面に顔を近づけて視線を走らせ、〈25メートルプールの水量約４００立方メートルを学校などの公共施設における上下水道料金で計算すると約26万円〉という行で目を止める。

この約半分だと考えれば――約十三万円。

渇いた喉に唾を押し込み、もう一度自分に、落ち着け、と言い聞かせた。そうだ、この程度の額で済んだのは不幸中の幸いだ。すぐに教頭に報告して——そこまで考えたところで、二年前に退職してしまった教員の顔が浮かんだ。

同僚ではないが、同じ市内の教員同士ということで、研修会でも何度も顔を合わせ、みんなで飲みに行ったこともある女性教諭だった。

当時教員になって二年目だった彼女は、受け持ちの児童全員へ年賀状を書くために自宅へ持ち帰った個人情報入りのＵＳＢメモリを紛失し、戒告処分を受けた。管理職から繰り返し詰問され、教育委員会にも何度も呼び出されて心身の調子を崩してしまったのだった。

憔悴《しょうすい》しきった彼女の姿が蘇《よみがえ》り、身体の芯が冷たくなる。

——このまま黙って水を入れ直してしまえば。

画面が暗転したスマートフォンを見下ろした。

水道局から請求が来てミスが判明したということは、いつ流失したのかまではわからないということだ。それはつまり、検針時に異変が発覚しても、誰が日直を担当した日かは突き止められないということではないか。

心臓が痛みを感じるほどに強く激しく脈打つ。機械室を出て、先ほどよりもわずかに水が溜まり始めたプールを見下ろした。そうだ、今回は金額も低い。このまましらばっくれてしまえば——そう思って顔を上げた瞬間、プールの向こう側、正門の脇に防犯カメラがあるのが見えた。

一瞬にして、膨らみかけた期待が萎《しぼ》む。

――ダメだ。

あの角度ではプールの中までは映っていないだろうが、プールサイドと機械室を行ったり来たりしている不審な自分の姿が映ってしまっている。

水道代が異常だと問題になれば、まず疑われるのがプールだ。誰も名乗り出なければ防犯カメラをチェックしようという話になるだろう。調査の結果、自分がやったと明るみに出れば、もはや単純ミスとしては処理されなくなる。市に損害を与えた上に意図的にミスを隠蔽《いんぺい》したとして、厳しい処罰が待っているに違いない。

――どちらにしろバレてしまうのであれば、きちんと自分から白状した方がいい。

秀則は重たい両足を引きずるようにしてプールを後にした。うなだれたまま職員玄関へ向かい、上履きに履き替えて職員室への階段を上っていく。

扉の前で立ち止まり、手にしていたプール日誌を見下ろした。朝昼退勤前の一日三回、日直がつけることになっている日誌には、〈透明度〉〈異物〉などに並んで〈排水バルブ〉というチェック項目がある。

昼の欄は、すべて丸が書き込まれていた。

――そうだ。

職員会議が終わってプール日誌を出そうとしたところで、記入していないことに気づき、深く考えずにまとめて一気に丸をつけて提出したのだった。

起こりやすいミスだからこそ、こうしてチェックリストに項目があるのに――

職員室の扉を開けると、吹きつけてきた冷風が全身を一気に冷やした。口が強張《こわば》っている。それでも、教頭の席の前に立った途端、反射的に「失礼します」という声が出る。

「あの……」

「ご苦労様」

ページを示して報告をしようとした秀則の手から、教頭はさっと日誌を取り上げ、中身を見ることなく印鑑を押した。

手元に戻され、思わず「ありがとうございます」といつものように受け取ってしまう。

「教頭先生」

背後から誰かの声がして、教頭がそちらに顔を向けた。

「すみません、これなんですけど」

斜め後ろから入ってきた背中に譲《ゆず》る形で一歩下がる。ダメだ、報告するなら今しかない。今を逃せばもっと言い出しづらくなる。

教頭に話し始めた教員が、立ち去らない秀則を訝《いぶか》しむように振り返った。目が合うより一瞬早く、咄嗟《とっさ》に身を翻《ひるがえ》す。あ、と思ったときには遅かった。

気づけば秀則は自席に戻り、手の中の日誌を見下ろしていた。

ミスが明るみに出れば、プール日誌のことも問題になるだろう。退勤前の欄には何も記入されていないのに、教頭の印鑑だけが押されてしまっている日誌。きっと教頭の責任にもなるはずだ。こんな管理体制だからミスが起こるんだ、いくらミスを防ぐマニュアルを作ったところで、それを使う人間が杜撰《ずさん》であれば何の意味もない――言われたわけでもない言葉が次々に浮かんで、秀則は机の上に転がっていたボールペンをつかんだ。項目に一気に丸をつけていき、排水バルブ、という文字が見えた瞬間に手が止まる。

堪《こら》えきれずに席を立った。

職員室を出て、数秒迷ってトイレへ入る。そのまま個室の便座に腰を下ろし、腹を抱え込むようにして身を縮めた。三角形に折られたトイレットペーパーの、はみ出た部分を見つめる。

今すぐ戻らなければならない。早く、教頭に報告しなければ――

バン、とトイレの入口から音がして、びくりと肩が揺れた。

「うわ、蒸してんなーここ」

ぼやく声に、五木田《ごきた》だとわかった。自分と同い年の男性教諭だ。

五木田はそのまま「おー腹いてえ」とつぶやいて秀則の隣の個室へ入る。すぐに続いた排便の音に、秀則は気まずさを覚えた。この個室が閉まっていることに気づいていないのだろうか。いや、一目瞭然だから気づかないはずがない。ただ気にならないだけなのだろう。

秀則は、五木田が出てこないうちにトイレを出て、自分の教室である五年二組へと向かった。

開いたままの窓からは蟬の声が響いていて、整然と並んだ机と椅子を西日が照らしている。

何となくその光の中に立つ気になれず、窓に背を向けた。廊下に出て手洗い場で手と顔を洗う。ポケットからハンカチを取り出して擦《こす》るように拭《ふ》いた。ほんの少し人心地つき、せめて全額自分で弁済させてもらいたいと申し出よう、という考えが浮かぶ。そうだ、やはり正直に言うしかない——そう考えながら顔を上げた瞬間。
目に、一枚のポスターが飛び込んできた。

〈だしっぱなしはダメ！　きちんとしめよう〉


口をへの字にした男の子が手を×の形に構えたイラストと文字に、秀則は目を見開き、ごくりと喉仏を上下させる。

——もし、別の場所で水が出しっ放しになっていたと思わせられたら。

プールから疑惑の目を逸《そ》らすことができさえすればいいのだ。水道料金が跳ね上がるような他の原因が先に見つかれば、本当の出所は探られずに済む。

秀則は宙を見つめたまま拳を口元に押し当てた。

これが漏水なら、誰の責任でもなくなるのではないか。どこかの水道管に細工をして、誰も気づかないほど少量の水が長い期間漏れ続けていたことにして——いや、ダメだ。水道メーターは二カ月に一度検針しているはずだし、前回の検針がいつ行われたのかがわからない。あまりに少量ずつだと約十三万円分の水が流失した原因だと見なされない可能性がある。

それに、長期間漏水していたとすれば、水道管の周囲は腐食《ふしょく》や変色など、何らかの痕跡が残るはずだ。水道局の人間が見て作為に気づかないはずがない。

秀則は目の周りを強くこすった。あとはどんな方法があるだろう。犯人探しのようなことに発展せずに、この件を終わらせる方法——両手で顔を覆ったまま、目を開ける。

本当のところ、一つ思いついている方法があった。

それを考えの形にまで進められずにいるのは、教育者として躊躇《ちゅうちょ》を覚える選択肢だからだ。

だが、と秀則は唇の端を歪《ゆが》めた。そもそもミスを隠そうとすること自体が教育者にあるまじき行為なのだ。今さら手段にこだわったところで何になる。

秀則は自嘲《じちょう》しながら、自分が少しずつその選択肢に吸い寄せられていくのを感じる。もう、これしか方法はないのではないか。これが一番単純で、無理のない方法なのではないか。

秀則は、ゆっくりと両手を下ろした。

——そう、子どものいたずらに見せかけるのだ。

たとえば——夏休みのプール教室で学校を訪れた児童の誰かが、ふざけて水道の蛇口を開けっ放しにしたまま帰った。誰も気づかないまま時間が経ち、それが誰なのか、いつのことなのかはもはやわからない。

秀則はポケットの中に手を入れた。

子どもがやったことなら、徹底して犯人探しをしようとはならない。特定の誰かのせいにするわけではないから、傷つく子どもは出ない。自分や管理職が自己弁済を迫られることもなく、教育委員会から厳重注意を受けることもない。教育委員会だって、教員への指導不足だと外部から糾弾《きゅうだん》されずに済む。

つまり、誰も不幸にならないのだ。

——もしかしたら、よくあることなんじゃないか。

そう考えた瞬間、ぐらりと思考が傾くのを感じた。

そうだ、同じようなミスは、これまでに何度も起こってきたはずだ。それらがすべてきちんと報告されてきたとは限らない。

ニュースになるほどの大きな額であれば、ごまかすことは不可能だろうが、今回は、ただプールの水を半分にしてしまっただけだ。

学校の水道代が市民の税金だから問題になるのであって、そもそも一般企業であれば上司から叱責されるくらいの単純なミスだろう。

なのに、たまたま学校のプールの水というだけで自己弁済を迫られ、恥を晒《さら》し、査定にも大きく響く。それなら、何とかしてごまかしてしまおうと考える人間は少なくないに違いない。

秀則はスマートフォンをずるりと引き出す。真っ暗な画面に虚《うつ》ろな顔をした男が映り、ほとんど反射的に電源ボタンを押した。


問題は、プール半分もの水を普通の蛇口で出すにはどのくらいの時間がかかるのかということだった。

秀則は、石鹸置きの横に置かれた古い牛乳瓶をつかむ。子どもが通学途中に摘んできた花を挿すのに使い、枯れた後もそのままになっていたものだ。

水道の蛇口を全開にしてからスマートフォンのストップウォッチアプリを開き、スタートと同時に牛乳瓶を蛇口の下に置いた。一、二、と数えたところで既に牛乳瓶が一杯になっていることに気づき、慌てて水を止める。

すり切りで約二百ミリリットル入るから――と計算しかけて、途中で小さく頭《かぶり》を振った。こんなに大雑把な数字では、拡大したときに誤差が大きくなりすぎてしまう。

――俺は何をやってるんだ。

濡れた手をジャージの太腿で強く擦った。スマートフォンで検索すると、すぐに〈水道の蛇口を全開にすると一分間に約二十リットル〉という答えが見つかる。

だが、再び電卓アプリを開いたところで、プール半分の水がどのくらいの量か忘れていることに気づいた。

秀則は教室に戻って机の引き出しからメモ帳とボールペンを取り出す。〈一分、二十リットル〉と書き込んでから、もう一度検索をし直した。先ほどと検索ワードが違ったのか、事故の検証サイトがなかなか出てこない。

秀則は頭を掻《か》きむしり、ハッとして壁時計を見上げた。

十七時十三分――ダメだ、さすがにそろそろ一度職員室に戻らないと。

スマートフォンとメモ帳とボールペンをポケットにねじ込み、階段を駆け下りる。踊り場を曲がったところで用務主事の鶴野《つるの》が上がってくるのが見えた。会釈をしながらすれ違うと、

「千葉《ちば》先生」

と呼び止められて肩が跳ねる。声が上ずりそうになるのを必死に堪えて、「はい」と振り返った。

「ダメじゃないですか、先生が廊下で走ったら」

は、と訊《き》き返すよりも早く、「なんてね。メモ帳、落としましたよ」と笑われる。

「すいませんね、拾ってあげたいけど、手が空《あ》かないもんで」

鶴野が両手に抱えた大量のトイレットペーパーを示すように持ち上げた。秀則は「いえ」とかすれた声で答える。

「ありがとうございます」

——俺は、何をやってるんだ。

落ち着け、落ち着け。言い聞かせるほどに心拍数が上がり、どうすればいいのかわからなくなる。

廊下に落ちたメモ帳を引ったくるようにして拾い上げた。めくれ上がったページを戻すと、ひどく乱れた字で〈一分、二十リットル〉と書かれている。

——そうだ、四百立方メートルの半分だから二百立方メートルだ。

ふいに、先ほど思い出せなかったことが思い浮かんだ。二百立方メートルは二十万リットル、
一分間に二十リットルだとすると、一万分、一万割る六十、割る二十四は六・九——約七日間。

気づけばメモの端にたくさんの筆算を書きつけていて、その見慣れた光景にほんの少し思考が落ち着いてくる。

――つまり、一つの蛇口で二百立方メートルの水を流失させるには、一週間かかる計算になる。

一週間もの間、水が流れ続けていて誰も気づかないのは、いくら夏休み中とはいえ不自然だ。だとすると、やはり現実的なのは複数の蛇口が開けっ放しになっていたという線だろうか。七個の蛇口が開いていたことにすれば、丸一日で済む。

秀則は視線を宙で泳がせた。

――蛇口の数を増やせばそれだけバレる確率も上がるだろうが、何も本当に流し続けるわけではない。

出してすぐ止め、たまたま水音に気づいて止めたふりをすればいい。いつから開けっ放しになっていたのかはわからないと証言すれば、水道代が明らかになったときに、それに合わせて逆算してもらえるだろう。

そう、勝手に辻褄《つじつま》を合わせてもらえるのだ。

秀則は職員室の後ろ側のドアをそっと開けて、足を一歩踏み入れる。途端に冷えた風が全身に吹きつけ、息を大きく吸い込むとやっと少しまともに呼吸できたような感覚がした。

遅れて頭痛と吐き気を感じ、まずい、と思う。以前にも経験したことがある熱中症の初期症状だ。

秀則は慌《あわ》てて冷蔵庫を開け、麦茶をコップに注いだ。一気に飲み干し、棚を探って食卓塩の小さなボトルを見つけると、手のひらに振りかけて舐める。口内に唾液が湧き出てくるのを感じながら、目頭《めがしら》を強く揉んだ。

少し横になりたい。だが、熱中症かもしれないと言えば、ほとんど強制的にタクシーでも呼ばれて帰されてしまうだろう。まだプールの水を入れ終えてすらいないのに——

「あら、千葉先生、まだいたの」

真横から声がして、ハッと振り向くと、そこにいたのは図工担当の伊東《いとう》だった。

面倒見がよく、情に厚いベテランの伊東は、産休に入った同僚のフォローを買って出て、夏休み中も毎日のように出てきている。

「ダメよ、授業がない日くらい早く帰らないと」

「あの……教頭は」

「教頭？　もう帰ったけど」

その言葉に、腹の底で何かが蠢《うごめ》く。後悔なのか安堵《あんど》なのかは自分でもわからなかった。

「何か用があった？」

「いえ……」

「長く教師を続けるコツはね、仕事が途中だろうが何だろうが、時間になったら無理やり帰っちゃうことなのよ」

別の教員が「伊東先生は本当にきっぱり切り上げるわよねえ」と笑い交《ま》じりに重ねた。

その教員にも「千葉先生もたまには早く帰りなさいよ」と促《うなが》され、秀則はつい「じゃあそろそろ」と口にしてしまう。流れでひとまず更衣室へ向かったところで、そう言えば今日はそもそも早く帰る予定だったのだと思い出した。

飲み会の日程調整の際に〈小学校の先生って子どもたちが夏休みの間何してんの？　もしかして一カ月まるっと休み？〉と尋ねられたことを職員室でも話した記憶がある。

誰もが口を揃えて「自分も言われたことある」と苦笑し、いかに実態と離れた誤解かということでひと盛り上がりしたのだった。

小学校の先生は子どもたちがいないときはやることがないと思われがちだが、実際には授業がないタイミングだからこそやらなければならないことが無数にある。

各種研修が入るのもこの時期だし、学芸会のための仕込みや教材研究、備品の点検も休みの間にしておかなければならない。プール教室の指導も持ち回りで担当するし、今日の自分のように日直になればさらに電話番や来校者対応、鶏の世話、プールの水質管理などの仕事が加わる。夏季休暇として与えられているのは五日間だが、それすら取りきれない人も珍しくないのだ。

それでもやはり授業がある日よりは早く上がりやすいのも事実で、二日酔いになっても大丈夫なようにと明日に夏季休暇を充《あ》ててまで楽しみにしていた飲み会だった。

だが、こんな状態では、飲み会に参加する気になど到底なれない。

秀則は重く痛むこめかみを指の腹で押した。

——いや、そもそも飲み会になど行っている場合ではないのだ。

廊下で物音がしないのを確認してから更衣室を出て、職員玄関へと向かう。外履きに履き替えるのももどかしく、上履きのままプールの方へ走り、鍵を開けようと入口の前で立ち止まったところでぎくりと全身を強張らせた。

――水音が大きすぎる。

どうして自分が先ほど気づかなかったのかわからないほどの音量だった。こんな音がしていたら、誰かが異変に気づかないわけがない。

秀則は中へ駆け込み、給水口を閉めた。音が消え、現れた静寂が先ほどまでの音の大きさを浮かび上がらせる。

バルブを最大に開けていたことが功を奏して、一見して明らかに異常だとは感じない程度には水が溜まっているようだった。しかし、これ以上こんな調子で水を入れ続けるわけにはいかない。夜間になれば、少しの音でも響きやすくなる。

秀則は周囲を見渡してから、再びそっと給水口のバルブをひねり始めた。三十度ほど回したところでダダダダ、と水が水面を叩く音が響き始めて慌てて閉め直す。

――ダメだ。

やはり、このまま水を入れ続けるのは危険すぎる。

第一、給水口を開けっ放しで帰れば、夜中に止めに来なければならなくなる。夜間の学校には警備システムが入っているし、プールだけならフェンスを乗り越えれば入れるけれど、近隣住民に目撃されないとも限らない。

秀則はバルブから手を離し、また辺りをうかがいながら外へ出た。本当にここで帰ってしまって大丈夫なのか、と自問する。水道料金のことがいつ発覚するかわからない以上、できるだけ早く事を起こすべきなのではないか。

だが、先ほど伊東たちにそろそろ帰ると話してしまった。今日これから校内巡回をして蛇口が開けっ放しになっているのを見つけるのは不自然だ。

結局、仕方なく学校を後にし、友人に体調不良のため行けなくなったという連絡を入れて帰宅したのが十九時半。

すぐに体調を気遣う文面がきたが、返す言葉が見つからず、スマートフォンを床に置いた。

両手で頭を掻きむしり、指に絡《から》まった髪の毛を見下ろす。

――とにかく今は、どうすればいいのか考えるべきだ。

自らを駆り立てるように考え、押し入れから今の学校に赴任してきたばかりの頃のノートを取り出した。ページをめくり、覚えるために描いた校舎の見取り図を開く。

一番のポイントは、蛇口の場所をどこにするかだ。

子どもが最もいたずらしそうな場所といえば教室の前の手洗い場かトイレだが、そんなところで水が大量に流れ続けていたら廊下に水音が響く。自分の教室に出入りする先生の誰かが気づいていなければおかしい。

では理科室や家庭科室などの特別教室ならどうだろう。夏休み中であれば人の出入りが数日なくてもおかしくはないのではないか。――いや、ダメだ。特別教室はどこも鍵がかかっているから子どもが無断で入ることができない。

子どもが手を出しやすい場所といえば――やはり校舎の外にある水場だろうか。校庭のトイレ、水飲み場、飼育小屋横の蛇口、体育館裏の手洗い場、体育館内のトイレ――いや、体育館に入るにも鍵が必要だ。

秀則は一つ一つの場所に丸をつけ、さらに一つ一つ上からバツ印を重ねていく。

水飲み場は昇降口の前にあるから人目につきすぎる。体育館裏の手洗い場も、職員が出勤時に通る道から見える以上、避けるべきだろう。飼育小屋横の蛇口も、毎日日直が飼育小屋の掃除をするときに使うからありえない。

立て続けにバツ印を書き加えてから、秀則はハッと小さく息を呑んだ。

――残った蛇口が、校庭のトイレしかない。

秀則はもう一度見取り図にかじりつき、端から順番に指でなぞり始めた。他に水が出て人目につかない場所はないか。会議室には水道はない、放送室もダメ、給食室は入れない――

「あ」

喉から声が漏れる。

視線の先には、多目的トイレ、という文字があった。

そうだ、行事のときなどに外部に向けて開放される多目的トイレは、普段はほとんど使用されない。夏休み中ともなればなおさらだ。

じんわりと腹の底が温かくなるのがわかった。

――もしかしたら、何とかなるかもしれない。

朝一番に出勤するためにも早く寝ようと思ったのに、気持ちが高ぶってまったく寝つけずに夜が明け、結局そのまま家を出た。

一応横にはなっていたものの全身がだるく、頭が乾いた綿を詰め込まれたかのようにかすんでいて上手く働かない。

バスを乗り継いで職場の最寄りのバス停で降りると、まだ六時前だとは思えないほどの陽射しに目が眩《くら》んだ。

下り坂だというのに、一歩一歩がひどく重い。少しでも気を抜くと膝が崩れて転がり落ちてしまいそうな気がした。

どうして、こんなことになってしまったのだろう。

開店前の婦人服店のガラスウィンドウにひどい猫背の男が薄く映っているのが見えて、ふいに、自分が自分ではないような錯覚に襲われる。

どう考えても、最初にすぐ報告してしまうべきだったのだ。潔《いさぎよ》く謝り、受けるべき罰は受けて、今後同じ失敗は犯さないようにしようと気を引き締めるべきだった。

だが、報告せずにプールに水を入れ直し、さらに日をまたいでしまった以上、もう遅い。

学校に着いて職員玄関へ向かうと、警備システムが解除されていた。

股間がヒュンと縮み上がる。

——まさか、こんなに早く誰かが来ているのか。

もし、既に誰かが出勤してきていたら、これから気づかれずにプールの水を入れるのはかなり難しくなる。

やはり、昨日最後まで残ってできるだけの作業を進めておくべきだったのか――

階段を上る足に力が入らず、職員室のドアに伸ばした手がなかなか動かなかった。それでも、ずっと立ち尽くしているわけにはいかない。ほとんど断罪されるような気持ちでドアを開ける。

中には、誰もいなかった。

電気もついておらず、普段最初に出勤したときに見る光景と変わらない。

――それはそうだ。

学期中ならばまだしも、夏休み期間中に、出勤時刻よりも二時間以上早く来る人間なんて、そうそういるわけがない。

大方、昨日の最終退勤者が警備システムをセットし忘れたというところだろう。

秀則は詰めていた息を漏らした。

もしそうならば、むしろ自分には好都合だ。出勤したら警備システムが解除されていたから、念のため校内を巡回したところ水道の蛇口が開きっ放しだと気づいたというのは、いかにも自然な話だろう。

秀則はまだ収まらない鼓動に胸を押さえながら、鍵を取り、プールへ向かった。

給水口のバルブをゆっくりとひねり、水が出始めたのを確認してから立ち去る。これで、あと一時間ほどすれば水面は元通りの高さにまで上がるはずだ。

秀則は唇を引き締め、小走りで職員室に戻った。教頭の席へと駆け寄り、机の上に置かれている出勤予定表の束を手に取る。顔を近づけて目を走らせ、用務主事の鶴野の名前を探した。

今回の計画で一番のネックになるのは、校内の清掃や整備をしている鶴野の存在だ。下手な場所の蛇口を選べば、そこは直前に異変がないのを確かめたと証言されてしまう可能性がある。できることならば、鶴野が休暇を取るタイミングで決行したい。

しかし、出勤予定表を見てわかったのは、鶴野は昨日が一週間ぶりの出勤だったようで、これから再来週まで休む予定はないらしいということだった。再来週の休みも一日だけだ。

——少しでも安全にいくためには、再来週まで待つべきだろうか。

しかし、それまでに水道局の検針が入ってしまったら最後だ。それにこんな状態のまま再来週まで待っていたら、こちらが参ってしまう。

では、やはり今日決行してしまうか——と、そこまで考えたとき、視界に養護教諭の名前が飛び込んできた。休、休、休——表の一昨日、昨日、今日の欄に並んだ文字にハッと息を呑む。

——そうだ、保健室横のトイレも、夏休み中はほとんど使われない。

さらに養護教諭が休みであれば、水が流れ続けていたとしても不自然ではないだろう。

校庭のトイレ、多目的トイレ、そして保健室横のトイレ。この三カ所が使えるのならば、期間は二日半で済む。たとえば今朝、これから誰かが出勤してきたら「今発見して止めた」と言う。その際に「子どものいたずらだろうけど」とつけ加えてしまえば、聞いた相手はそうした先入観を持って考えてくれるのではないか。

秀則は勢いよく踵《きびす》を返すと、まずは保健室横のトイレに向かった。扉を開けた途端、快哉を叫びたくなる。

――手洗い場が二カ所ある。

試しに二つの蛇口をひねって全開にしてみると予想通り大きな音が響いたが、トイレを出て耳をすませながら後ずさっていくと、十メートルも離れないうちに聞こえなくなった。

秀則はトイレへ戻って水を止め、口角を微《かす》かに持ち上げる。これは、いけるかもしれない。

身を翻して同じ一階の反対側にある多目的トイレへと向かい、同様に蛇口をひねってみると、廊下の手洗い場とは素材が違うためか、思ったよりも音が響かなかった。そのまま急いで外へ出て、耳をすませながら後ずさっていく。一、二、三、四、五――五メートルほどの距離でほとんど聞こえなくなり、さらに下がるとわからなくなった。

秀則は続いて校庭のトイレへ行き、蛇口に飛びつく。だが、バルブの調節が悪いのか、水がチョロチョロとしか出ない。全開までひねってもやっとどうにか手が洗えるほどの水量で、とても毎分二十リットル流れるようには思えなかった。

秀則は眉根《まゆね》を寄せたが、すぐに短く息を吐く。

――まあ、いい。

ここがおまけ程度にしかならなくても、保健室横のトイレに蛇口が二カ所あったわけだから何とかなるはずだ。

保健室横のトイレのことを思いつかずに、最初にこのトイレに来ていたら、パニックになっていただろう。

そう考えると、自分はギリギリのところでツイているのかもしれないという気がしてきた。警備システムが解除されていたこと、養護教諭が一昨日から連続して休んでいるのに気づけたこと、その保健室横のトイレに蛇口が二つあること、用務主事は昨日出勤していたものの、一昨日は休んでいたわけで他の日よりは気づかれなかったという状況が作りやすいこと。

――やっぱり、今日かたをつけてしまうべきだ。

秀則はきゅ、と音を立てて蛇口を閉めた。

まずは、何と言うべきだろう。大変です、蛇口が開きっ放しになっていて――それはさすがに大げさすぎだろうか。発見した時点ではどのくらい長い間流れ続けていたのか想像もつかないはずだ。もっとさり気なく、世間話の延長線上のような口調で言った方がいいかもしれない。出しっ放しになっていたから止めたんですけど、あれ、いつから出ていたんですかね――そうだ、そのくらいぼんやりと投げかけた方が、相手が思考を進めてくれやすいかもしれない。会話の流れの中で、一応教頭に報告しておこうという話に誘導して――そう言えば、最初に出勤してくるのは誰だろう。教頭か、日直――今日の日直は誰だったか。

一度職員室に戻って確認しようと、トイレを出た瞬間だった。

人影が目の前を通り過ぎて、思わず悲鳴を上げそうになる。何とか堪えたはずだったが、人影はくるりと俊敏に振り向いた。

「あれ、千葉センセイじゃん」

そこにいたのは、五木田だった。

――やっぱり、出勤してきている人間がいたのか。

しかも、よりによってこの男が。

この学校で唯一同い年の男性教員だというのに、いや、そうだからか、秀則はこの男が苦手だった。とらえどころがなく、いつも飄々《ひょうひょう》としていて、話していると落ち着かなくなる。この学校では教師同士でも互いに「先生」と呼び合っているが、なぜかこの男から呼ばれると男子高校生からふざけ交じりに「センセイ」と呼びかけられているような気持ちになるのだ。

「どうしたの、早いじゃん」

「いや……五木田先生こそ」

そう質問で返すのが精一杯だった。

「俺？」

五木田はひょろりと長い首を前に突き出す。

「俺はさあ、奥さんに離婚するって言われて家追い出されたから朝飯食いっぱぐれちゃって」

両手で卵を二つ掲《かか》げてみせ、顎で飼育小屋を示した。

「トサの卵をいただこうかと」

「え」

秀則は目を見開く。

「それ、大丈夫なのか？」

「生じゃなきゃ平気でしょ」

やっぱり目玉焼きがいいかねえ、と呑気《のんき》な口調で続ける五木田に、「いや、そっちじゃなくて」と脱力した。

「家を追い出されたって。大丈夫なの？」

「大丈夫じゃないねえ」

五木田はまったく大丈夫じゃなくはなさそうに言う。

「俺、奥さんのこと好きだもん」

そう続けられ、「ああ、そう」としか相槌を打てなくなった。

「だからさあ、俺、奥さんには頭上がんないの。家出てっちゃった、じゃなくて、家追い出されたってのが俺らしいでしょ？」

「じゃあ何で離婚云々《うんぬん》って話になるんだ」

「んー？　これ」

五木田はそう言いながら両手を招き猫のように動かす。

「これ？」

「わかんない？　お馬さん」

——お馬さん。

身体からますます力が抜けた。

「競馬か」

「あれ、言ったことなかったっけ？　俺の唯一の趣味」

「趣味は前に卓球だって言ってなかったか」

「そうだっけ」

こういうところが、苦手なのだ。

「奥さんからは競馬はやめろって言われてるんだけどさ、やめようと思ってもやめられないのが趣味だよね」

五木田は悪びれる様子もなく、またヘラヘラと笑う。

「一昨日は三十万負けちゃって」

「三十万？」

思わず声が裏返った。

「一日で？」

「すろうと思えばもっとすれるけど」

わけのわからないことを言う五木田に、秀則の方が頭を抱える。こいつは一体何なのだろう。何だか急に、自分のやっていることが馬鹿らしく思えてきた。

この男ならばきっと、プールの水を間違えて流失させてしまっても、あっさり白状して謝ってしまうのだろう。そして、それで何かを失ったり傷ついたりすることもないに違いない。

「前にも怒られてはいたんだけど、さすがに離婚するって言われたのは初めてでさ」

「それは三十万もすったら離婚くらい切り出されるだろう」

「いや奥さんには五万としか言ってないんだけどねえ」

秀則は「は？」と訊き返した。

「何でそんな中途半端な」

な、と他人事《ひとごと》のように同意され、こいつは一体何なのだろう、ともう一度思う。五木田が歩き始めたので後に続くと、五木田は前を向いたまま「それにしても千葉センセイは真面目だよねえ」と口角を持ち上げた。

「昨日は飲み会だったんだろ？　どうせ今日は授業もないんだしもっとゆっくりにすればいいのに」

何で、と口にしそうになって、自分が職員室で話したからだと思い至る。あんな話をするんじゃなかったと悔やみながら、何でこいつは日にちまで覚えているんだと八つ当たりのように思った。

「いや……終電がなくなったから友達の家に泊まったんだ。そいつが朝早いからダラダラしているわけにもいかなくて」

「でも何か顔色悪いよ？　二日酔い？」

――やはり、飲み会の翌日に早朝出勤など不自然すぎただろうか。

「まあ……あと寝不足だし」

何とか答えながら、職員室に着いたら、こいつが席を外した隙に出勤予定表を書き直しておこうと考える。今日は休暇を取っていたと知られたら、余計不審に思われかねない。

「なら一回家に帰って休めばいいのに」

「……家に帰ったらもう起きられないから」

「俺なら迷わず寝るけど」

揶揄《やゆ》するような響きにムッとした。だが、寝る、という言葉でふと思いつく。

「いや、実は一度家に帰ってからまた来るより、いっそ保健室のベッドで休ませてもらう方が時間が取れると思ったんだよ」

「ああ、なるほど」

「それでさ」

秀則は続けてから唇を舐めた。

「保健室で横になってたら、何かどこからか水音が聞こえてきて」

「お、学校の怪談？」

五木田がそれまでと打って変わって興味津々《しんしん》に振り向く。目が合ったことにぎょっとして「違うけど」と答えると、五木田は「何だ」と心底つまらなそうな顔をしてまた前を向いた。

そこでちょうど職員玄関に着き、五木田は卵を器用に持ち替えながら上履きに履き替える。勝手に話題を終えてしまいそうな気配に、秀則は慌てて「どこから聞こえてくるんだろうって思ったら、保健室の横のトイレからで、手洗い場の水が流しっ放しになってたんだよ」と続けた。

五木田は、ふーん、とどうでもよさそうな相槌を打つのみで、そのまま職員室に向かってしまう。秀則は少し駆け足になり、五木田の隣に並んだ。

「あれ、いつから流れてたんだろうな？　ずっと何日も流れてたんだとしたら水道代が結構な額になるよな」

　仕方なく考えを誘導するためにそう続けるが、五木田は二つの卵をくるみを回すかのように回し始める。結構難しいな、とひとりごちて落としそうになり、おあ、と大声を出してつかんだ。

「あっぶねえ」

「しかもさ、念のため校内を巡回してみたら、他にも二カ所も水が出しっ放しになってたんだよ。多目的トイレと校庭のトイレ。ほら、今さっき俺校庭のトイレから出てきただろ？　慌てて止めたところだったんだけど」

　とにかく言うことを言ってしまわなければと思うと自然早口になる。

「校庭のトイレなんてますますいつから流れっ放しだったのかわからないしさ。とりあえず教頭に報告しておこうと」

「何で？」

　遮《さえぎ》る形で問われ、言葉に詰まった。

「何でって……そりゃあ報告しといた方がいいかなって」

「というか、何で巡回してみたの？」

　五木田は職員室の端にあるコンロの前に立つと、フライパンにサラダ油をさっと回しかける。左手でフライパンを動かしながら、右手だけで卵を割った。

「何でって……」

　秀則は視線を彷徨《さまよ》わせる。なぜ、そんなことを訊いてくるのか。

「いたずらだったら他にも被害があるかもしれないだろう」

「何でいたずらだと思ったの？　普通は閉め忘れだと思わない？」

「それは……」

何なんだろう、こいつは。どうしてそんなことにいちいち突っかかってくるのか。

「蛇口が二つとも開きっ放しになってたんだよ。しかもどっちも全開になってたんだ。ただの閉め忘れならそうはならないだろう」

「ああ、なるほど」

五木田はあっさりうなずいて菜箸《さいばし》を手に取った。フライパンの上で卵をかき混ぜてから、あ、目玉焼きにするんだった、と大仰《おおぎょう》なほどに顔をしかめる。

秀則はその横顔を見ながら数秒待ったが、五木田は他には何も言おうとしなかった。なるほどってそれだけか、と言いたくなったものの、これ以上変に突っかかられても面倒だと思い直す。とりあえず、これで話題にはしたわけだから、この後他の教員が出勤して来たら、その人にも同じ話をすれば不自然ではないだろう。

そう考えて踵を返した瞬間、

「千葉センセイ」

五木田がフライパンを揺すりながら呼びかけてきた。秀則はぎくりと立ち止まる。

「……何」

「千葉センセイもスクランブルエッグ食べる？」

五木田は火を止めてフライパンを片手に振り向いた。その呑気な表情に、秀則は強張っていた身体から力を抜く。

「いや、俺はいい」

「そう?」

五木田は小首を傾げた。秀則は今度こそ身を翻し、自席へと向かう。

だが、椅子の背もたれに手をかけたそのとき、

「それにしても、誰がやったのかねえ」

五木田が世間話のような口調で言った。秀則は一瞬身構えてから「さあな」とできるだけさり気ない声音になるよう気をつけながら答えて席に座る。

「たぶんプール教室に来た児童の中の誰かだろうが、さすがにそこから先は絞れないだろう」

「子どもじゃないでしょ」

五木田が間髪をいれずに言った。秀則は「え?」と顔を上げる。五木田はフライパンを手に持ち、菜箸で直接スクランブルエッグを口に運びながら「昨日はプール教室の後、誰も登校してきてないからね」と続けた。

秀則は頰が引きつるのを感じる。

「だったらプール教室の前、もしかして一昨日から出てたかもしれないだろ」

「それはないよ」

五木田は短く否定した。その確信に満ちた口調に、胸がざわつく。何でそんなことが言えるの

か。

「何で……」

「だって、昨日の昼間、鶴野さんがトイレ掃除してたでしょ」

ぐ、とみぞおちに圧迫感を覚えた。

――そんな、まさか。

「……掃除してたのか」

「たぶんね」

五木田は小さく肩をすくめる。

「直接見たわけじゃないけど、昨日の夕方に職員室前のトイレに入ったときトイレットペーパーが三角になってたからさ。トイレ掃除をするなら、普通校内全部のトイレを一気にやるでしょ」

――そう言えば。

たしかに、昨日、自分も見たではないか。さらに、トイレットペーパーを両手に抱えている鶴野にも会った。

「それに鶴野さんは久しぶりの出勤だったから、そういうときはまず補充系の仕事をするでしょ」

だからまあ、どっちにしても水道代とかはそれほど気にしなくていいだろうけど、と続けられた言葉が頭の中で反響する。どうしよう。どうすればいい。

――他に、今からでも流れっ放しになっていたと言える場所はないか。

飼育小屋横の蛇口はありえない、昇降口前の水飲み場も通ったばかり――いや、こうなったら子どもが入れる場所に限らず、どこでもいいから水が流れていたとして気づかれにくい場所はないか。理科室は――いや、理科の担当は他でもないこの男だ。図工室は、昨日伊東が出勤していたし、家庭科室は――そうだ、ちょうど一学期末で担当教員が産休に入ったばかりだ。

「あとは、家庭科室も」

「家庭科室？　千葉センセイ、ほんとに学校中巡回したの？」

驚いたような声音に、またしても馬鹿にされているような印象を受ける。けれど否定するわけにもいかないので「まあ」と答えると、「どこを回ったの？」とさらに尋ねられた。

「どこって……校舎内をひと通りと、校庭のトイレと、体育館」

「それで、家庭科室で見つけたってこと？　でも、だったら鍵がかかってるはずだしやっぱり子どもがやったって線はありえないじゃん」

「ああ、そうだよな。うっかりしてた」

答える声がかすれる。

「誰がやったのかはわからないけど、俺が見たときには蛇口が開きっ放しになってて……」

「いつ？」

「え？」

「いつ見たの？」

――なぜ、そんなことを訊くのか。

背中の中心を汗が伝う。どう答えるのが一番自然だろう。先ほどからの話の流れであれば、朝保健室で休んでいてトイレの異変に気づき、それから他の場所も回ったわけだから、それほど前なはずがない。

「正確にはわからないけど、校庭のトイレへ行く前だから十分前とか」

「十分前」

なぜか五木田はこちらを真っ直ぐに見て真顔で復唱した。秀則は胸の内に嫌な予感が広がるのを感じる。

「いや、だから正確にはわからないから大体だけど」

そうひとまず言い足すと、五木田はふい、と視線を外してコンロの上にフライパンを戻した。

「やっぱり塩コショウだけだと味が物足んないなあ」とつぶやきながら醬油のボトルを手に取る。

一体何なんだ、と考えた瞬間、

「嘘でしょ」

五木田がスクランブルエッグに醬油を回しかけて言った。

バン、と強い波に叩きつけられたように全身が痺れる。

「嘘って？」

何とかそれだけ訊き返した。

五木田は「これ」と言って醬油のボトルを掲げる。

「俺、ほんとは卵は醬油派なのよ。ここにはないからさっき二十分くらい前に家庭科室にないか見に行ったんだよね。だけど、水なんか特に流れてなかったんだよなあ」

「それは……」

秀則は視線を彷徨わせた。あ、と思いつき、顔を上げる。

「いや、水は流れてたんだけど、そこは全開じゃなくてチョロチョロとしか出てなかったから気をつけて蛇口を見ないと気づかないかもしれない」

「粘るねえ、千葉センセイ」

五木田が苦笑した。カッと頭に血が上る。

「自分が気づかなかったからって……」

「そこじゃないよ」

五木田は人差し指を立てた。

「千葉センセイ、本当は今朝家庭科室になんて行ってないでしょ」

「何でそんなこと……」

「百聞は一見に如かず」

有無を言わさぬ口調で言って、廊下へ出た。そのまま大股で進んでいく五木田に続きながら、胸の内の不安がどんどん膨らんでいく。本当に、一体何なのだろう。自分は、何かミスを犯したというのか。

五木田が勢いよく音を立てて扉を開けた瞬間、あ、という声が漏れそうになった。

家庭科室の作業机の上には、たくさんのミシンやガスコンロが並んでいた。

「たぶん伊東センセイが昨日備品チェックしてたんだろうね」

五木田が言いながら、ミシンの脇に開いたまま置かれているファイルを手に取る。そのファイルの表紙には〈家庭科室備品〉と書かれていた。

そうだ、備品の点検は休みの間にしておかなければならず、家庭科の担当教員は産休に入っている。

伊東は、産休に入った教員の代わりに、家庭科室の備品を点検する仕事を引き受けていたのか。

「一日じゃ終わんなかったから、今日も続きをやるつもりなんでしょ。水が出てたら、伊東センセイが止めてるよね」

五木田がファイルを机の上に戻した。

——何か言い逃れる方法はないか。

わななきそうになる唇を懸命に動かす。

「伊東先生が帰った後に、誰かが蛇口を開けたとか……それか、伊東先生も気づかなかったとか」

「ここでこれだけ作業していて？」

呆れたような五木田の口調に頬が熱くなる。自分でもそんな馬鹿なとは思ったが、ここで引くわけにはいかなかった。

「俺がさっき見たのは、そこの端のシンクだから」

秀則は家庭科室の一番奥のシンクを指さす。五木田は「ここ？」と言いながら歩いていき、シンクを覗き込んだ。

「濡れてないけど」

「乾いたんだろう」

十分前なのにか、と言われるだろうと身構えたが、意外にも五木田は、ふうん、と言いながら出入口へ向かう。なぜ、ここでは突っかかってこないのか。

そう思った瞬間、五木田が振り向き、にやりと口角を持ち上げた。

「千葉センセイ、気づかなかった？　ここ、鍵かかってなかったんだよ。今も、さっき俺が来たときも」

——鍵がかかってなかった？

そのことの何が問題なのかがわからない。鍵がかかっていなかったということは、むしろ好都合ではないのか。やはり子どもにも可能だったということになるのだから——と、そこまで考えて、ハッと息を呑む。

『だったら鍵がかかってるはずだしやっぱり子どもがやったって線はありえないじゃん』

『ああ、そうだよな。うっかりしてた』

自分が本当に家庭科室に来ていたなら、施錠されていないことに気づかなかったはずがない。そして、先ほどの五木田の言葉に「鍵はかかっていなかった」と言い返したはずだ。

——あれは、罠だったのか。

「千葉センセイさあ、さっきから何で嘘ついてんの」

五木田の問いに、秀則は答えられなかった。

「どうして嘘をついてまで、俺に水道の水が流れ続けていたと思わせたいのか」

五木田が、それまでよりも一段声のトーンを落として言った。

「可能性としてはいろいろ考えられるよな。誰か特定の子どもを陥《おとしい》れようとした。昨日から誰も三つのトイレを使っていないと思わせたかった。あるいは学校の怪談を作ろうとした」

一つ一つ言いながら指を折っていく。そこで秀則を見据《みす》え、

「子どもを陥れようとしたってのは、あっさり子どもがやった線を手放したことからして考えにくい。三つのトイレを誰も使わなかったってのも面白い線だと思ったけど、トイレが否定されたらすぐに家庭科室でもって言い出したってことは別にトイレにこだわっているわけじゃない。学校の怪談を作ろうとしたんならさらに面白いけど、まあそのためにここまで粘るキャラじゃないよね、千葉センセイは」

今度は一つ一つ指を開いていった。開ききった両手を叩き合わせて、リズミカルに擦り合わせながら、「だとすると」と続ける。

「単純に、水が長時間流しっ放しになっていたと思わせること自体が目的だったか」

秀則は、反論することもできなかった。違うと言わなければならないのに、口が動かない。

「問題は、何でそんなことをしたかったのかなんだよね。実際に流しっ放しにするのならともかく、思わせるだけってのはあまりに意味がない」

五木田はそこまで言って、突然黙り込んだ。

沈黙が落ち、窓の外から蟬の声が聞こえ始める。秀則は唾を飲み下し、もうここで嘘をついたことだけでも認めてしまった方がいいだろうか、と考えた。プールの件は改めて別の方法を考えるとして――

「プールの水、流しちゃったんでしょ」

喉が小さく鳴る。それがほとんど自白を意味することに気づいたけれど、どうすることもできなかった。五木田は、お、ビンゴ、と声を弾ませる。

「だって千葉センセイ、さっきどこを巡回したのか訊いたとき、なぜかプールにだけ全然触れなかったでしょ。あれは不自然だよ。だって、今の時期、校内で子どもが一番出入りしているのはプールなんだから」

あとは昨日の日直が千葉センセイだったってことを考えれば、まあ可能性は絞り込まれてくるよね、と続けられ、秀則は奇妙な虚脱感を覚えた。

――そこまでバレていたのだ。

もはやこれ以上白《しら》を切り続けたところで無意味なのは明らかだった。そこまでわかっていたのなら、自分はさぞ滑稽《こっけい》に見えただろうとなぜか他人事のように思う。嘘を重ねてがんじがらめになっていた自分。

五木田と会う直前に、自分はツイているのだと感じたことが心底馬鹿らしく思えた。どこがツイているというのだろう。この男に会ってしまったことが運の尽きではないか。

どちらにしても、昨日トイレの掃除がされてしまっていた以上、その前から蛇口が開いていたことにするのは不可能だった。だが、よりによってこの男に自分の隠蔽工作を知られてしまうなんて――

「で、いくら分くらい流しちゃったの」

「たぶん、半分だから十三万円分くらい」

「ツイてなかったねえ」

五木田が、どこか面白がるような口調で言う。秀則は長いため息をついた。

「……はっきり馬鹿だって言っていいけど」

「何で?」

返ってきた言葉の意味がわからず、秀則は顔を上げる。すると五木田はキョトンとした顔をして首を傾げていた。

「むしろ賢いでしょ」

「え?」

「だって俺、こんなこと思いつかないもん。俺だったら普通に白状しちゃうか、何も言わないでバレて後から怒られるかしてるなあ」

そっちの方が明らかに正解だと思うと、褒《ほ》められている気がしない。

だが、五木田は「ほんと感心したよ。なるほど、その手があったかって」と続けた。

「よくこんなこと思いつくよなあ。たしかに、他の原因が先に見つかれば、本当の出所は探られずに済むもんなあ」

そうしみじみとつぶやかれて、自分はこの男に感心されているのだと気づく。

秀則は目をしばたたかせた。

――本当に、呆《あき》れていないのか。

「トイレとか家庭科室がダメだったのはツイてなかったけど、まあ考えようによっちゃ他の先生たちに言う前にわかったわけだし、そういう意味ではツイてるよな」

「でも、結局他に都合が良い場所がないから……」

「理科室でいいでしょ」

五木田はあっさりと言った。

「理科室なら少なくともここ数日は俺以外入っていないはずだからさ、俺がそれこそ備品チェックしようとして入ったらなぜか鍵が開いてて水が流れているのに気づいたとでも言ってやるよ」

秀則は大きく目を見開く。こいつは、何を言っているのだろう。もしかして――自分に協力してくれるというのだろうか。

「……いいのか」

「だって千葉センセイが言うより俺が言った方が自然でしょ。それに、俺はしばらく日直はやってないからプールのこととは結びつけられないだろうし」

ヘラヘラと笑う五木田に、秀則は胸が熱くなるのを感じる。やっぱり俺はツイていたのだ、と思った。見つかったのがこの男で本当によかった。

ありがとう、と心の底から言うと、五木田は「礼には及びません」とすました口調で言う。

「じゃあとりあえず理科室で証拠作っておくか」と家庭科室のドアを閉め、「あ、そう言えば」と秀則を振り向いた。

「千葉センセイ、水は入れ終わったの？」

「たぶんそろそろ入れ終わるから、これから止めに行く」

「塩素は入れた？」

あ、と秀則は口を開く。

「……入れてない」

そうだ、プール教室の前には必ず残留塩素濃度を計ることになっている。このまま計られたら明らかに異常な数値が出ていただろう。

「あっぶねえ」

五木田は胸を押さえてのけぞる。

「そしたら、これから俺が入れてきてやるよ。千葉センセイはプールに近づかない方がいいでしょ？」

「ありがとう、助かるよ」

「千葉センセイは理科室のシンクをちゃんと濡らしておいてよ。さっきみたいに、乾いたんだろってのは通用しないよ」

はい、と答えながら頬が熱くなった。これからこいつに何度もネタにされるのだろうかと思うと、既に少し憂鬱《ゆううつ》になる。

だが、それでも助かった、という気持ちの方が強かった。五木田のおかげで、今度こそすべて解決するかもしれない。

軽快な足取りでプールの方へと向かう後ろ姿に、秀則は自然と頭《こうべ》を垂れた。


夏休み期間中だからか、他の教師が出勤してきたのは八時近くになってからだった。

おはようございます、という挨拶に、ごく普通におはようございますと返しながら、ちらりと横目で五木田を見る。

だが、五木田はなぜかパソコンに向かって作業をしているだけで、動こうとはしなかった。

——今報告しないのだろうか。

ヤキモキしたが、考えてみれば朝一番に理科室に向かう方が不自然かもしれない。あくまでも自然な流れで発見した形にしようとしているのだろう。

五木田が動かないうちに教頭や校長も出勤してきて、やがて職員朝会が始まった。今日の日直が司会を進め、すぐに終わる。

五木田が、ファイルを片手に席を立った。あれは備品ファイルだろうか。これから、さりげない流れで理科室へ行こうとしているのだろうか。

もう心配することはないのだ、と思うのに、やはりどうにも落ち着かなかった。早くかたをつけてしまいたい。

五木田が再び席に戻ってきて、舌打ちが出そうになる。何をやっているんだ、まだ動かないのか――

秀則が腰を浮かしかけたとき、

「大変です！」

今日の日直の教員が、叫びながら職員室に飛び込んできた。

「今プールに行ってきたんですけど、排水バルブが開いたまま給水されていて」

え、という声が喉の奥で詰まる。

――そんな馬鹿な。

何が起きているのかわからなかった。昨日、排水バルブはちゃんと閉めたはずだ。今朝だってたしかに確認したし――

意識するよりも早く、目が五木田を探していた。

五木田はつい一時間半ほど前にプールに行ったはずだ。何か異常があったのなら、どうして気づかなかったのか。なぜ何も言ってくれなかった――自分に背を向けていた五木田がくるりと振り向き、目が合った瞬間、にやりと笑う。

秀則は目を見開いたまま硬直した。

――今のは、何だ。

今、五木田は笑わなかったか。

五木田はまた排水バルブが開いてしまっていることを知っていたのだろうか。いや、違う。また開いていたということは、自分が今朝確認した後に誰かが開けたのだ。

それが、何を意味するのか。

「昨日の日直は誰だ」

誰かの声が、妙にくぐもって聞こえた。

――五木田が、やったのだ。

そうとしか考えられなかった。タイミングから考えて、それしかありえない。

だが、なぜそんなことをしたのか。協力してくれるんじゃなかったのか――

『なるほど、その手があったか』

ふいに、五木田の言葉が蘇った。

事故を報告する教育委員会からの通知には、実名が出ない。出るのはたしか、学校名、年齢、性別だけ――

ガン、と後頭部を殴られたような衝撃が走る。

五木田は、ただ感心していたのではなく、本当に文字通り「その手があったか」と考えたのではないか。

五木田は、自分のアイデアを聞いて思いついたのだ。

他の原因が先に見つかれば、本当の出所は探られずに済む。

――競馬で負けてお金が減ってしまったのを、プールの水を間違えて抜いてしまった弁償によるものだと奥さんに思わせることができる。

千葉先生、という声がどこかで聞こえた。だが、それが誰の声か、どこから聞こえてきているのかわからない。

『三十万もすったら離婚くらい切り出されるだろう』

『いや奥さんには五万としか言ってないんだけどねえ』

――ああ、だから。
十、三、万、円、で、は、足りなかった、の、だ。
自分に協力をするふりをして、もう一度水を抜いてしまえば、さらに額を増やすことができる。

秀則は、五木田に向かって口を開きかける。

だが、何を言えばいいのかわからなかった。問い詰めたところでしらばくれるだけだろう。

そしてそれを誰かに訴えれば――自分が隠蔽工作をしようとしたことが明るみに出てしまう。

五木田は軽やかに立ち上がった。秀則は、その姿を目で追うことしかできない。

にやりとした横顔に『礼には及びません』という声が重なって響いた。

# 忘却

込み上げる吐き気に、反射的に口を押さえた。

反対の手でハンカチを取り出して鼻と口を覆ったが、強烈な臭いは遮《さえぎ》れない。

隣へ顔を向けると、妻も苦しそうな顔をしていた。さすがにこの臭いはわかるのか、と武雄《たけお》は暑さと息苦しさでかすんだ頭で考える。

「大丈夫か」

「ああ……」

妻は、返事ともつかない呻《うめ》き声を漏らした。

「とりあえず、少し離れよう」

背中を軽く押すと、背骨が浮き出た細い身体がふらつくように動く。

部屋の前から道の向かいまで移動し、同じ姿勢と表情で並ぶアパートの住人たちの中に交ざった。

赤色灯を回したパトカーが何台も並び、マスクをした警察官が忙《せわ》しなく立ち歩く異様な光景を無言で眺める。

「気の毒にねえ」

嘆息混じりにつぶやく声が聞こえた。

「熱中症ですって」

別の声が言い、「このところ蒸し暑かったものねえ」という声が続く。

ブルーシートに包まれた塊《かたまり》が運び出された。古びて灰色の壁がくすんだ木造アパートの中で、くっきりとした青だけが浮かび上がっている。

その光景はテレビのニュースを連想させ、現実感が薄れていくのを感じた。だが、それを揺り戻すように濃密な臭気が流れてきて、口で息をしていてもえずきそうになる。

間断なく聞こえてくる会話の中で、孤独死、という単語が耳に届いた。

「笹井《ささい》さんのところ、近くに息子さんがいたわよね」

「私、ちょっと前に見かけて挨拶したわよ。今回発見したのも息子さんなんでしょ」

「家族がいても、こんなことになっちゃうのねえ」

妻はぼんやりとした表情のまま、何も言わずに立っていた。武雄は足元に視線を落とし、踏み潰《つぶ》されて土にまみれた煙草の吸い殻を見つめる。

嫌な死に方だな、と思った。

八十年も生きて、働いて家族を作って子どもや孫にも恵まれて、けれど最後は異臭を放つただの塊になる。

「私たちも他人事《ひとごと》じゃないわよね」

「うちの人、私が死んだらすぐに野垂れ死にそう」

顔を上げると、似たような顔が並んでいた。白く抜けた髪、無数の皺《しわ》が刻まれた皮膚、曲がって縮んだ腰――この二階建て全八戸のアパートの住人は、笹井や自分たち夫婦も含めて老人ばかりだ。

子どもが独立して部屋が余り、郊外の家を売って利便性が高い駅近の賃貸アパートに越してきた。笹井や我々夫婦のように親族の近くに居を構えた人、土地勘がある地域内で身軽になった人など様々だが、共通するのは老い先が短く、足腰が弱っているということだ。

老人ホームみたい、と笑ったのは、入居したばかりの頃、まだ頭のしっかりしていた妻だった。

車のドアが閉まる音がして、清掃業者と話をしていた大家がこちらに向かってくるのが見えた。

他人事じゃないと繰り返していた面々が、一斉に口を閉じる。

「えらいことになりましたなあ」

まだ五十代半ばほどの大家は、皺の寄った背広姿で額の汗を拭《ふ》いた。

「何とか今日中には原状復帰できるように作業を進めてもらいますので」

「こんな臭いじゃ食事もできないわね」

ぼやいた住人が、アパートを眺める大家の横顔を見て口を噤《つぐ》む。

大家は、うんざりしたように顔をしかめていた。

――こういうことになるなら、もう老人に部屋を貸すのはやめようと考えているのかもしれない。

武雄は身体の芯が冷えるのを感じる。

もし、ここを追い出されたら――やはり、家を売るべきではなかったのではないか。

元々、家を売って近くに越してきたらどうか、と提案してきたのは、一人息子の和雄《かずお》だった。これからどんどん足腰も弱ってくるだろうし、階段があると家事をするにも大変だろ。バリアフリーに改築するにはお金もかかるし、いっそ必要なものだけでコンパクトに暮らした方が便利なんじゃない？　近くなら俺たちもちょくちょく行けるしさ。

武雄としては、住み慣れた家を手放すことに抵抗があったが、妻の方が乗り気だった。どうせ和雄たちが泊まりに来ることなどほとんどない。部屋がたくさんあっても掃除が大変なだけ——そう強く言われると、妻に任せきりにしている武雄には返す言葉がなかった。

事実、孫が小さい頃には年に数回活躍していた部屋も、もう長いこと物置と化していた。詰め込まれた物もずっと使っておらず、もはや何がどこにあるのかもよくわからない。

押し切られる形で息子と妻が探し出してきたこのアパートに移り住んだのが、今から六年前。息子の家まで歩いて十五分ほどの距離で、引っ越してすぐ、嫁と孫も一緒に近くのレストランで外食をしたときには、これで正解だったのかもしれない、と思った。

息子が、まあ最期は俺が看取ってやるからさ、と冗談めかした口調で言い——だが、それから一年も経たないうちに、その息子の方が先立ってしまったのだった。

脳梗塞で、何の前触れもなかった。

ある日突然、嫁から連絡を受け、駆けつけたときにはもう息子は冷たくなっていた。

長生きなんてするもんじゃない、と妻が食いしばった歯の間から悲鳴のような嗚咽《おえつ》を漏らすのを、武雄は聞いていることしかできなかった。

生きてきてこれほどつらかったことは、後にも先にもない。

嫁は、度々孫を連れて会いに来てくれた。だが、それもいつしか間遠《まどお》になり、今や電話をもらうのさえ半年に一度あるかないかだ。

一度部屋に戻ろうか、と思い、妻の方を向いた。

どちらにしても他に行く場所などないのだし、外にいるよりは部屋に入ってドアや窓を閉め切ってしまった方がまだ臭いに耐えられる。

一歩踏み出し、それじゃあ、とまだ話し続けている住人たちに会釈をしようとしたときだった。

「笹井さん、エアコンをつけずに昼寝をしていたそうで」

大家の説明に、えー、というまるではしゃぐような声が上がる。

「何でまた」

「この時期、そんなの自殺行為じゃない」

「どうも、電気代を滞納していたようなんですよ」

心臓が大きく跳ねた。

——電気代。

鼓動が急速に速まっていく。

妻を振り向くと、妻は先ほどとまったく変わらない顔で前を見ていた。聞こえなかったのか、それとも——

「それじゃあ」

切り出した声が微《かす》かに上《うわ》ずる。

複数の顔が同時にこちらを向いた。武雄は小さく頭を下げ、妻の腕を引いてアパートへ歩き出す。

進むほどに濃くなる臭いの中を、呼吸を止めて通り抜け、鍵をかけそびれていたドアを引いて中に入った。後ろ手に鍵をかけ、一呼吸つく。

すごい臭いだったなあ、とあえて声の調子を上げて言うと、そうね、という答えが返ってきた。いつものように洗面所で手洗いを始めた妻を横目で確認しながら、和室の文机《ふづくえ》に向かい、膝をつく。

積み重なった郵便物は、ほとんどが不動産屋のチラシか出前のメニューだった。一つ一つ確かめながら、脇へ除《よ》けていく。山の中から、開封された三つ折りのハガキを見つけ出し、思わず息を呑んだ。


〈お支払期限日を経過した送電停止対象の電気料金　２９４２円〉


送電停止という文字に、血の気が引いていく。

――あった。

震える手で裏返すと、宛名には〈笹井三男《みつお》様〉とあった。

背後で足音が聞こえて、咄嗟《とっさ》にハガキをベストのポケットに突っ込む。

強い息苦しさを覚えた。

武雄がこれを間違って開封してしまったのは、もう十日近くも前のことだった。電気代の請求書であることは一目でわかったから、何も考えずに圧着された部分を剝《は》がし、現れた〈送電停止〉という文字に、うっかり払い忘れていたかと慌てて裏返したところで、宛名が違うことに気づいた。

配達ミスか、と顔をしかめた。私信ならば先に差出人や宛先を確認しただろうに、よりによって、と思いながら、妻に話した。

あらあら、と妻は小さな目をしばたたかせて、白い腕を伸ばした。

『笹井さんなら、私から渡しておくわよ』

『悪いな』

手からハガキが離れたときは、正直、助かると思った。開封する前なら、郵便受けに入れ直しておけばいいだけだったが、開いてしまったからには黙っているわけにもいかない。勝手に人の郵便物を開けて中を見たなんて気まずいし、しかも中身は督促状だ。

電気代が払えないほど困窮《こんきゅう》しているようにも見えないが、だからこそ見てはいけないものを見てしまった気持ちが強くなる。

隣の部屋の笹井とは、妻の方が交流がある。それに、妻ならば自分よりもさり気なく返せるだろう。

そう思って、妻に任せた。

――だが、妻は忘れてしまったのだ。

おそらく、次に会ったときに渡そうと思っているうちに、他の郵便物に紛れ、そのまま存在自体を忘れてしまったのだろう。

――そして、今も忘れている。

武雄は、お茶を淹《い》れ始めた妻を見た。

その表情は、先ほどまでよりもはっきりしている。

元々、妻は始終ぼんやりしているわけではない。いわゆるまだらボケというやつで、嗅覚の異常が少し見られるものの、午前中は具合がよく、家事なども以前と変わらずこなしている。趣味の刺繍は続けているし、本を読んで明晰《めいせき》な感想を口にすることも多い。

ただ、午後を過ぎると疲れが出るのか、時折眼差しが虚《うつ》ろになるのだ。すると物忘れがひどくなり、日常の中の些細《ささい》なことを覚えていられなくなる。

ごくり、と喉仏が上下した。

――いっそ、忘れていてくれればいい。

督促状のことを今さら思い出したところで、笹井が生き返るわけではない。早く渡していれば電気が止まらずに済んだかもしれないと、妻が気に病むだけだ。

記憶が抜け落ちていることに気づくたび、妻は動揺し、いたく落ち込んでいる。忘れないよう身の回りのことを繰り返しメモし、けれどそのメモ自体をどこに置いたかわからなくなって泣く妻の姿を、武雄は何度も目撃していた。

ポケットに手を入れたまま立ち上がり、冷蔵庫の前へ向かう。

〈歯医者、十七日一四時半〉〈しょうゆ〉〈歯みがき粉〉〈終わった紙は捨てる〉――所狭しと貼られたメモの上に視線を走らせた。一つ一つのメモには何度も下線が引いてあり、飲む薬の種類と時間のリスト、親族全員の名前と誕生日が一覧になった表、バツ印が並んだチェック表もある。

その中に督促状に関するものがないことを確認してから、三和土《たたき》に降りた。

「ちょっと出てくるよ」

「あら、どこへ?」

「煙草を買い忘れた」

短く答え、靴の踵《かかと》を踏み潰したまま部屋を出る。

粘ついた異臭が顔面を覆い、ほんの一瞬、たじろいだ。顔を伏せて足を交互に動かし、まだ立ち話を続けている面々の脇を通り過ぎる。

歩き慣れた道が、妙によそよそしく見えた。

クリーニング屋、ラーメン屋、真新しいマンション、煙草屋、パン屋、リサイクルショップ――毎日目にしている光景なのに、まるで見知らぬ街に迷い込んだような気持ちになる。

このまま駅へ向かうか迷い、結局コンビニへ入った。

寒気を感じるほどの冷風に二の腕をさすりながら、店内をぐるりと一回りし、何も持たずにレジに並んで煙草を二箱買う。

店員の声に送られて外へ出ると、むわりとした空気が身を包んだ。息苦しさを覚えながら深く息を吸い込み、ゴミ箱の脇に立つ。

煙草のビニールを剝がして丸め、握り潰したハガキと一緒に捨てた。

死んでしまった者よりも、まだ生きている者の暮らしの方が大事だ、と自分に言い聞かせる。

そう、生きていく上では仕方ないこともあるのだ。

足早に帰路へつくと、半ばまで進んだところでバスに追い抜かれた。武雄がバスの運転手だった頃に乗っていたものとは、当然車体も路線も違う。けれど、バス独特の排気ガスの臭いには懐かしさを感じた。

手のひらに、ハンドルの感触までもが蘇《よみがえ》り、せめて車は残しておけばよかった、と思う。

都心では維持費も馬鹿にならず、使う回数と費用を比較して息子に説得され、さらに同世代の老人が人身事故を起こしたニュースまで持ち出されて、最終的に手放すことに同意してしまったが、やはりあれは自分に必要なものだった。

なぜ自分は、あのときもっと抗《あらが》わなかったのだろう。

帽子をかぶり忘れた頭の表面が、強すぎる陽射しにじりじりと炙《あぶ》られていくような気がした。


絶えることのないざわめきが、狭いセレモニーホール内に反響している。

このたびは誠にご愁傷様です、本当に大変なことで、ご迷惑をおかけしまして――潜《ひそ》められた声を聞きながら、武雄は数珠《じゅず》を握りしめる妻の骨張った手を見つめた。

受付を終えて並んだ列が、少しずつ前に動いていく。

親族席に赤ん坊を連れた女性がいた。愛らしい声が上がり、あやす声が続く。笹井の曾孫だろうか。

だが、アパートで赤ん坊の姿を見たことはなかった。テレビの音すら漏れ聞こえるくらいだから、隣の部屋に来ていたらわかるはずだが、声を聞いたこともない。

進んだ列を詰めながら首を戻すと、ちょうど前の人がどいたところだった。

喪主である笹井の息子と向かい合う形になる。

笹井によく似た息子は、アパートの住人の顔を覚えているのか、あるいは覚え直してきたのか、武雄と妻の顔を見ると、先ほどよりも背中を丸めて、ご迷惑をおかけして、と口にした。

「そんな、笹井さんには本当によくしていただいて」

妻が湿った声で言葉を重ねる。

「冷蔵庫の具合が悪くなると、いつも笹井さんに見てもらっていたんですよ」

「そうでしたか」

息子の表情がわずかに明るくなった。

「そう言っていただけると、父も喜ぶと思います」

実際、年金をもらうようになるまで電気屋で働いていたという笹井は、細々とした家電のトラブルにも詳しかった。冷蔵庫に限らず、我が家の照明器具を修理してくれたのも、割れたコンセントカバーをつけ直してくれたのも、すべて笹井だった。

手間賃くらいは支払わせてもらいたいと申し出たものの、笹井はお互い様だからと実費以外を受け取ろうとせず、せめてもと妻が昼食や夕食の差し入れをすると、目尻を下げて喜んだ。いい隣人だったと思う。

修理をする際も手際《てぎわ》が良く、知識をひけらかすようなこともなく——そこまで考えたところで、ふと、武雄は違和感を覚えた。

——なぜ笹井は電気代を払わずにいたのだろう。

電気屋で働いていたのならば、ライフラインの中でも特に電気が早く止まることくらい知っていたはずだ。

督促状よりも前に請求書が届いていただろうし、そもそも、口座振替にしておかなかった理由がわからない。手続きをするのが面倒で先延ばしにし続けていたのか——

武雄は、いつの間にか自分が責任から逃れようと思考していることに気づき、苦い気分になる。

そういう自分だって、カードの支払い日を忘れて残高不足の通知を受け取ったことが何度もあるし、何かのついでにと思っているうちに払いそびれて督促状が届いたこともある。

〈送電停止〉という文字を見れば慌てるが、言い換えれば、そういう状況にならないうちにはわざわざ振込のためだけに出かけようとは思わない。

——やはり、自分たちが督促状を渡しそびれたせいか。

わかっていたことなのに、改めて考えると気持ちが沈んだ。

本当は、自分は笹井の通夜に出る資格などないのではないか——

通夜振る舞いには、口をつける気になれなかった。少しでも食べなければと思うものの、胃の腑《ふ》が重く、食欲が湧かない。

四十人ほどが入る会食場には、色鮮やかな料理が並べられていた。箸を伸ばして故人についての思い出を語り合う様々な顔に、武雄は目の焦点を合わせることができない。

「私、笹井さんと一緒にスーパーの特売に並んだことがあるのよ」

アパートの住人の一人が、ごま豆腐を頬張りながら言った。

「あ、私もある」

別の住人が、挙手をするように箸先を上げる。

「笹井さん、新聞を取っていなかったから、折込チラシの情報を教えてあげたら、本当にありがたいって大袈裟なくらい喜んで」

「変なプライドとかがなくて、付き合いやすい人だったわよねえ」

笹井は金に困っていたのかもしれない、と武雄は考えた。

年齢から考えればそれなりの額の年金をもらっていたはずだし、酒も煙草もギャンブルもやらなかった笹井がそれほど窮乏《きゅうぼう》していたとも思えない。だが、もし、電気代を払う金にも事欠いていたとすれば、督促状を渡すのが遅れたところで、あまり関係なかったかもしれない。

――俺はまた、責任から逃れようとしている。

自分の小狡《こずる》さに嫌気が差して思考を払う。

「奥さんが亡くなってから、ささやんは貧乏性になったんだよなあ」

先ほど親族席に座っていた笹井と同年代らしき男が、ひとり言ともつかない口調で話に入ってきた。

「そうなんですか?」

「ああ、急にもったいない、もったいないって言い始めてな」

男は、「あの部屋だってちょっと前までは扇風機しか置いてなかったんだよ」とため息をつく。

「これで充分だ、ガキの頃なんかエアコン自体なかっただろって。ささやん、今の夏は俺たちがガキの頃の夏とは違うんだよ、ニュースとかでもよくやってるだろ、エアコンくらいつけねえと死んじまうぞって説得してとりあえずエアコンは買わせたんだけど」

まさか、つけねえで死んじまうとはなあ、と続いた声が、くぐもって聞こえた。

隣を向くと、かぼちゃの煮物を小さくして口に運んでいた妻が顔を上げる。

武雄は咄嗟に前に向き直り、泡の消えたビールを一気に呷《あお》った。

ぬるまったビールは、ひどく苦味が強く感じた。


妻が「何か忘れていることがなかったかしら」と言い出すようになったのは、その翌日からだった。

だらだらと続くワイドショーを眺めながら食後の一服をしていると、お茶に梅干しを入れていた妻が、ふと首を傾《かし》げた。

「何かって、何だ」

普段はできるだけ問い詰めるような言い方はしないように気をつけているのに、つい言葉が強くなってしまう。

妻は視線をさまよわせた。

「何かしら……何か大事なことだったような気がするんだけど」

武雄は、口の中に溜《た》まった煙を換気扇に向けて吐き出す。

「コーヒーじゃないか」

「コーヒー？」

「コーヒーの粉がそろそろなくなりそうだと言っていただろう」

「ああ、そうね」

妻の顔にワイパーがかけられたように、表情がはっきりした。

「そうだったわ。嫌ね、買い物のときに忘れないようにって思っていたはずなのに」

「そろそろ散歩にでも行くつもりだったから、ついでに買ってくるよ」

「散歩って、あなた、こんなに暑いのに」

妻の目に不安そうな色が浮かぶ。

物忘れがひどくなってから、妻は時折、ひとりで置いていかれることを子どものように怯《おび》えるようになった。

強く引き留めてくるわけではないが、いろいろと理由を挙げては外出を止めようとする。

「そんなに長くは歩かないよ」

「でも、熱中症になったら……」

そう口にした途端、妻の目玉がぎょろりと動いた。

武雄は煙草をつまんだ手に力を込める。

妻の目は宙を一周し、探していたものを捕まえそこねて途方に暮れるように止まり、再びぼんやりと曇った。

「ついでにアイスでも買ってくるよ」

武雄が言うと、パッと顔を上げた。その喜色が滲《にじ》んだ表情に、武雄は、本当に子どもみたいだなと苦笑する。

「じゃあ行ってくるよ」

短く告げ、財布と帽子だけを手に部屋を出た。

笹井が運び出された後もしばらく残っていた異臭は、清掃会社が入った途端気にならなくなった。臭い自体がなくなったのか、鼻が慣れたのかはわからない。

蒸した空気の中を歩いていると、督促状のことも、笹井が亡くなったことも、悪い夢だったような気がしてくる。

このまま買い物をして帰れば、アパートの前で妻と笹井が笑いながらしゃべっているのではないか。

だが、コーヒーの粉とアイスを買ってアパートに戻ると、隣の部屋の表札は空《から》になっていた。

カーテンが外された窓から、がらんとした室内が見える。

顔を伏せて自宅の鍵を開け、中に入った。

「おかえりなさい」

台所にいた妻が顔を出し、ホッとしたように表情を和《やわ》らげる。武雄は「ああ」とだけ答え、スーパーの袋ごと妻に渡した。

背を向けて靴を脱ぐと、「あら、アイス」と弾んだ声がした。

「それにコーヒーも。助かるわ、ちょうどそろそろ買わなくちゃって思ってたの」

武雄は小さくうなずき、冷えた麦茶を受け取る。

喉を反《そ》らせて飲むと、身体の細胞が内側から生き返るような感じがした。


妻はたびたび「何か忘れていることがなかったかしら」と問いかけてくるようになった。

そのたびに武雄は、「うどんの賞味期限が切れそうだと言ってなかったか」「あの番組を見たいと言っていただろう」「さっきトイレの電気を消し忘れてたぞ」と適当に答える。

妻は一瞬、そんなことだっただろうか、と訝《いぶか》しげな顔をするものの、「ああ、そうだったわね」とうなずいた。

「嫌ね、物忘れがひどくって」

冗談めかしてみせる妻に、武雄は「俺も似たようなもんだよ」と返す。

本当に不安なだけだとわかっていても、妻がその言葉を口にするたびに、狭い足場へ追い込まれていくような気持ちになった。

こんな日々が、いつまで続くのだろう。

――いや、きっとこの先、状況はもっと悪くなっていく。

妻は火の消し忘れを恐れて、一人きりのときには火を使わないようにしているが、このまま症状が進んだら、「一人では火を使わないこと」自体を忘れかねない。

さらに徘徊まで始まるようになったら、とても自分だけでは面倒を見きれなくなるだろう。自分だって、いつまでも健康でいられるとは限らない。

そうなれば、施設に入るしかなくなる。

実のところ、施設という選択肢は、息子が死んだ後から考えるようになっていた。

だが、年金だけで費用がまかなえる場所を探さなければと調べているうちに、いつも途中で疲れてしまう。

どこかに相談する窓口があるのだろうと思いながらも、それを調べるのも億劫《おっくう》で、先延ばしにしているうちに時間が過ぎた。

いつか入居一時金が必要になったときのためにと取っておいたお金も、少しずつ目減りしている。

悪夢を見ることも増えた。

夢の中で、武雄はバスを運転している。何年も同じ道を回り続け、もう信号と信号の間が何秒で通過できるのかさえ、そらで言えるほどなのに、なぜか道がまったくわからない。初めて走る道のようで、けれど車内にはたくさんの乗客がいる。

無線で会社に連絡を取ろうとするけれど、無線機が見当たらず、電柱や表札に目を凝《こ》らしてもぼんやりして焦点が合わない。

このバスは、どこを走っているのだろう。どこへ向かっているのか。

進むべき方角すら見当がつかず、岐路《きろ》に差しかかるたびに焦りが募る。バス停で乗り込んできた客に行き先を聞くが、返ってくるのは聞いたことがない地名ばかりで手がかりにならない。ついに道を間違え、乗客から非難の声が上がり始めて叫び出したくなったところで目が覚めるのだ。

本当のところ、妻は覚えているんじゃないか、と思うこともあった。

すべてわかっていて、その上で自分を試している。

そして、自分がごまかすたびに、何かを見定めている――

だが、今さら本当のことを言うわけにはいかなかった。公共料金の支払いに関する話題さえ、最近は避けている。

電気代の口座振替済領収書も、妻の目に触れないうちに回収するようになった。

武雄は郵便受けから取り出した八月分の電気代の領収書を文机の引き出しにしまいかけ、ふと、手を止めた。

金額に、目が吸い寄せられる。

〈8837円〉

妙に安いな、と思った。

今月ほどエアコンを使っていなかった七月ですら、一万円を超えていたはずだ。

引き出しを探って七月分の領収書を取り出すと、やはり、一万二千円近くある。

——いや、むしろ七月分が高すぎるのか？

口座振替だったからこれまで気に留めていなかったが、考えてみれば、子どもたちと暮らしていた頃ならばまだしも、2DKのアパートに二人暮らしをしていてこの金額は高い気がする。

いくらエアコンが古い型で消費電力が多いとはいえ、これは——

「どうしたの？」

突然背後から声がして、びくりと振り返った。妻が首を傾げて武雄の手元を覗《のぞ》き込んでいる。

咄嗟に紙を伏せそうになり、それではかえって怪しまれると思いとどまった。

「大したことじゃない。ただ、今月電気代が安かったもんだから」

「あら、本当」

妻が目をしばたたかせる。

「どうしたのかしら」

「まあ、増えたわけじゃなく減ったんだから」

武雄は話を打ち切ろうとしたが、妻は紙をじっと見つめ続けている。

「何かが壊れたのかもな」

仕方なく武雄は思いついたことを口にした。

「何かって?」

「さあ、家電とか」

最近急に使わなくなった家電はないし、節約しようという意識があったわけでもない。変化するとしたら、気づかない間に何かが壊れて電気を消費しなくなった、という線くらいしか浮かばない。

「家電? でも壊れたものなんかないじゃないですか」

「そうだよなあ」

武雄は頭を掻く。

この家にある家電と言えば、エアコン、テレビ、電子レンジ、炊飯器、冷蔵庫、照明器具くらいのものだ。掃除機、ドライヤー、アイロンなどもあるが、そうしたものは使うときにだけコンセントに繋《つな》ぐし、そもそもそれほど電気代を左右するとも思えない。

何千円もの電気代に関わるとしたら、最も考えられるのはエアコンだけれど、うちのエアコンは古いだけで壊れてはいない。長い間放ったらかしで修理もしていない。

ただ、そう言えば、最近一度ブレーカーが落ちたことがあったなと思い出した。

先月の上旬、エアコンと電子レンジ、炊飯器、電気ポットを同時に使ったら、ブレーカーが落ちた。

慌《あわ》ててブレーカーを上げたものの、炊飯器の電源を入れ直すのを忘れて中の米が台無しになってしまったのだった。

あのとき、何か他の家電もダメージを受け、壊れてしまったのかもしれない。

「笹井さんに訊《き》いてみようかしら」

武雄は、ぎょっと妻を見た。

けれど、妻はおかしなことを言った自覚がないのか、真面目な顔で室内を見回している。

武雄は、背筋を冷たいものが伝うのを感じた。

――症状が進行していないか？

これまでも物忘れの波はあったが、あくまでも日常の中の些細なことに限られていたのに。

妻は、無意識のうちに笹井の死を忘れようとしているのだろうか。

考えてみれば、妻が物忘れをするようになったのは、和雄がいなくなってからだった。

毎日のように泣いて鬱々《うつうつ》としていたのが、少しずつ落ち着き、やがて息子のことを話題に出さなくなった。代わりに、ぼんやりと宙を見つめている時間が増えた。

妻なりの死の受け止め方なのだろうと思っていた。だが、数分前に話したことさえ忘れてしまうようになると、そう楽観もしていられなくなった。

不眠の薬をもらいに行こうと病院へ誘い、そこで軽度の認知障害と診断されたのが、今から四年前。

その後は妻が病院を嫌がるようになり、武雄も無理には連れて行っていない。

「俺が訊いておくよ」

武雄が言うと、妻は「そう?」と首を傾げた。

笹井とは妻の方が交流があったから、自分の申し出を不自然に感じたのかもしれない。だが、妻は「電気のことはよくわからないから武雄さんに訊いてもらった方がいいわね」と目を細めた。

本当のところ、原因を確かめるつもりなど武雄にはなかった。何か壊れているとしても、現時点で特に不自由がない。

だから、それから少しして、電気屋を呼ぶことにしたのは、そのこととは関係なく、エアコンの調子が悪くなったからだった。

始終つけっ放しにしていたせいか、効きが悪くなり、時折唸《うな》るような音を立てている。

既に九月に入っていたが、これでは残暑は越せないだろうと、タウンページで広告を出していた電気屋に連絡すると、同じようなエアコンの修理依頼で立て込んでいるそうで数日待たされたものの、こちらが八十代の夫婦だと言うと何とか都合をつけて見に来てくれた。

電気屋はエアコンのカバーを開き、何かの作業をして瞬《また》く間に修理を終えた。

「本当に助かりました」

武雄が礼を言って代金を払うと、電気屋は、

「まだまだ暑いですからね。熱中症も心配ですし」

と、額に浮いた汗を拭《ぬぐ》いながら言う。

「隣の部屋の方が、先月熱中症で亡くなったんですよ」

妻の言葉に、武雄は思わず振り向いた。

しかし、妻は電気屋の方を向いたまま、

「それでエアコンはもったいないながらずにつけようと思ってつけっ放しにしていたら、壊れちゃったの」

と続ける。

「怖いですね」

電気屋は神妙な顔をした。

「この仕事をしていると、夏場にかなり多くの方からエアコンの修理の依頼をいただくんですよ。ただ、なにぶんすぐには対応しきれないんで、お客さんには真夏が来る前にエアコンの動作確認をお願いしているんですけど」

なるほど、と武雄は相槌を打った。

話が途切れたのを合図に、それじゃあ、と玄関に向かった電気屋を見送ろうとしたところで、ふと、妻が「あ」と声を上げる。

「他に壊れてるものってないかしら?」

「え?」

靴につま先を入れかけていた電気屋が振り返った。

「先月、電気代が急に減っていたのよ」

「はあ」

妻の言葉に、困惑した表情になる。

「もしかしたら、何か古い家電が電気を無駄に使っていたんだけど、それが壊れたから電気代が減ったんじゃないかって、うちの人が」

武雄は耳が熱くなるのを感じた。

「いや、ただの素人の思いつきですよ」

こんな馬鹿げた考えをプロに聞かれるのはたまらない。

電気屋は、んー、と唸った。

「ちなみに、どのくらいの額ですか？」

「まあ、ざっくり三千円くらいですけど」

「三千円？」

電気屋が語尾を上げる。

「また結構な額ですね。そのへんの家電でそれほど電気を食うやつはないですよ。それこそエアコンくらいかな」

「でも、エアコンの調子が悪くなったのはむしろ電気代が減った後ですし」

武雄がここ数カ月分の電気代の領収書を差し出すと、電気屋は受け取って見下ろす。

「何ですかねえ。とりあえず、ちょっと見てみましょうか」

電気屋は武雄に領収書を返し、まず玄関口の分電盤を見始めた。

さらに、室内に戻り、一つ一つのコンセントを確認していく。

ドライバーでビスを外《はず》してカバーを開けていくのを眺めながら、武雄は少し申し訳ない気持ちになった。特段困っているわけでもないのに、こんなに手間をかけてもらうのもバツが悪い。

もう大丈夫ですよ、と声をかけようとしたときだった。

「ん？」

電気屋が怪訝《けげん》な声を出し、壁際《かべぎわ》のコンセントの奥を覗き込む。

武雄と妻は顔を見合わせた。

――何か、問題があるのだろうか。

電気屋は険しい顔で振り向いた。

「あの、何か」

「いや、どうやら……」

電気屋は言い淀んでから、意を決したように口を開く。

「隣の部屋から盗電されていたようです」


とうでん、という響きが、何を意味するのか、武雄はすぐにはわからなかった。

「とうでん？」

オウム返しに繰り返すと、

「盗電、電気を盗むことです」

と説明される。

それでも、まだ意味が上手く飲み込めない。

「盗むって……笹井さんが？」

妻も目を丸くした。

電気屋はコンセントに向き直り、ええ、と低い声でうなずく。

「こうした集合住宅では、通常、壁の中に電気の配線を通してあるんですが、ここのコンセントを見てください。奥のケーブルの片方が隣の部屋の壁の穴に入っているんです」

言われるがままに中を覗き込んでみる。

暗くてよく見えない。だが、電気屋の指先に目を凝らすと、ケーブルの先が笹井の――かつて笹井が住んでいた部屋へ伸びていることはわかった。

「隣の部屋を見ていないからたしかなことは言えませんが、こちらの部屋から伸ばしたケーブルの先に向こうの部屋の差込口をくっつけたんでしょう」

電気屋が顔を上げる。

「隣の部屋の方が先月亡くなったとおっしゃってましたよね？　もしかしたら、盗電されていた分がなくなったから電気代が減ったんじゃないかと」

「いや……でも」

武雄の声が喉に絡んだ。

「笹井さんのところにはちゃんと電気代の請求も来ていたし……」

そう言い返したところで、脳裏に、督促状のハガキが浮かんだ。


〈お支払い期限日を経過した送電停止対象の電気料金　２９４２円〉


ん、と引っかかった。

――考えてみれば、あの額は安すぎなかったか。

いくら一人暮らしとはいえ、普通に生活していればひと月当たり、少なくとも五、六千円はいくはずだ――そこまで考えて、息を呑む。

差額の三千円――まさに、我が家の電気代の変化と同じではないか。

「一体、いつの間にこんな仕掛けを作ったんでしょうね」

電気屋は再びコンセントを覗き込む。

「心当たりはありますか？」

「いや、実は笹井さんは……」

言いかけた言葉が、止まる。

――そうだ、笹井は元電気屋だった。

我が家の家電を修理してくれたのも、割れたコンセントカバーをつけ直してくれたのも、すべて笹井だ。

笹井には、我が家のコンセントに触れる機会が何度もあった。

「三千円という金額からして、お隣さんはエアコンだけをこっちに繋いでいたというのがありそうな線ですが」

全部繋げちゃうとこっちの家の電気代がすごいことになって怪しまれかねないですしね、という声が薄膜を隔てたように遠ざかる。

エアコン――武雄は、呆然《ぼうぜん》と目を見開いた。

我が家のブレーカーが落ちたあの日、あれはいつだったか。

先月の上旬――ちょうど笹井が亡くなった頃ではなかったか。

あのとき、一度ブレーカーが落ちたことで炊飯器の電源が切れてしまい、米が台無しになった。

――ブレーカーを上げても、一度切れた電源は戻らない。

笹井が、もしうちの電気で自宅のエアコンを使っていたのだとしたら、ブレーカーが落ちた瞬間、一緒に電源が切れたはずだ。

大家によれば、笹井は、エアコンをつけずに昼寝をしていたという。眠っていたから、エアコンが切れたことに気づかなかった――

腹の底で何かが蠢《うごめ》くのを感じる。

つまり、笹井は料金の未払いで電気を止められて熱中症になったわけではなかった。

勝手に人の家の電気を盗んで、ブレーカーが落ちた巻き添えを食らったのだとしたら――ある意味自業自得ではないか。

武雄は微かな安堵《あんど》を覚える一方で、何をどう考えればいいかわからなくなる。

妻の差し入れを喜んでいた笹井と、何食わぬ顔で我が家の電気を盗んでいた笹井――どちらが、本当の姿だったのだろう。

妻へ目を向けると、妻は話を聞いているのかいないのかわからないようなぼんやりした顔で宙を見ていた。

ああ、また始まった、と武雄は思う。

最近、こういう時間が少しずつ増えてきている気がする。

「どうします？　向こうへ繋がっている配線は切っておきますか？」

電気屋は、武雄の方を見て言った。

「それとも、何か、被害届を出されたりするなら証拠としてこのままにしておきますけど」

「いや……いいです。切ってください。そのうち新しい入居者が入るでしょうし」

武雄は、首を振った。

どうせ、もう笹井は死んでいるのだ。

笹井の息子に言えば金は返ってくるかもしれないが、父親を亡くして気落ちしているだろう息子にこんな話をしたところで後味《あとあじ》が悪くなるだけだろう。

それに、不可抗力とは言え、こちらがブレーカーを落としたりしなければ、笹井は死ぬこともなかったのだ。それで、変に恨まれるようなことになってもつまらない。

どのみち、ひと月当たり約三千円、しかもエアコンを使う月だけだったのならば、それほどの被害総額にはならない。

武雄は考え、虚しい気持ちになる。

――笹井は、わずか数千円のためにこんなことをしたのか。

生前にバレていたら大事になっていただろう。警察沙汰になりかねないし、そうでなくとも、いつバレるかわからない不安と罪悪感がつきまとったはずだ。

果たして、月々三千円という額は、それに見合うものだったのか。

武雄は、玄関で電気屋を見送ると、振り向いて室内を見渡した。

テレビ、エアコン、洗濯機、ダイニングテーブル、文机、戸棚、炊飯器――前の家から持ち込んだものがほとんどだが、いくつかはリサイクルショップで購入したものだ。

どうせ同じようなものなら、安い方がいい。そう考えて、店内にあるものの中から選んだ品々は、どれも古びていて、統一感がない。

葬儀の際に聞いた言葉が、ふいに脳裏に浮かんだ。

――もったいない。

ただそれだけだったのだろう、と武雄は思う。その気持ちは、わからないでもなかった。

いくら今のエアコンは消費電力が大きいわけじゃないと説明されても、感覚として、ものすごく無駄遣いをしているような気持ちになる。エアコンから冷えた風が吹き出してくるほどに、一緒に金も流れていくような。

だから、笹井はもらうことにしたのだ。

――気兼ねなく、いつでもエアコンのスイッチを入れられるように。

罪悪感はなかったのだろう。

きっと、初めは電気工事代をもらっているくらいの気持ちだったのだろうし、その後は――忘れたのではないか。

日常の中でそれが当たり前になると、意識すらしなくなる。たまにふと思い出しても、またすぐに忘れればいい。

そう、生きていく上では仕方ないこともあるのだと――

「ねえ」

妻の声が隣から聞こえた。

淀んだがらんどうの目が、武雄を向く。

「何か忘れていることはなかったかしら」

# お蔵入り

初めて見たときから、死体が似合いそうな森だと思っていた。

鬱蒼《うっそう》として薄暗く、湿った地面の上に枯葉や枝が積み重なっている。

頭上を仰《あお》げば神の啓示じみた木漏《こも》れ日が一筋射し込んでいて、鼻孔をつく微《かす》かな黴臭《かびくさ》さはどこか郷愁を感じさせる。

中でも一際《ひときわ》画になる捻《ねじ》れた樹のそばにいるのは、二人の男だ。若い方が地面にシャベルを突き立て、梃子《てこ》の要領で土を浮かせて掘り上げる。ザ、バサッ、ザ、バサッ――規則的な音が速度を落とすことがないのは、既に一度掘り返した土だからだ。

必要な大きさの穴を五人がかりで一気に掘り、土を柔らかくした上で元に戻して枯葉や枝を振りかけておいた。今それを掘り直しているだけの男は、そうとは見えないほどに息を弾ませ、首に垂らしたタオルで無造作に顔を拭《ぬぐ》っている。

スポーツ中かのような健《すこ》やかさと、それを裏切る双眸《そうぼう》の暗さ。土でわずかに汚れた頬《ほお》と、濡れて額に張りついた長い前髪には、どこか倒錯した色気がある。

「おい」

若い男が宙に向かって声を上げてから背後を向いた。

視線の先には、身を縮めた中年男がいる。くたびれた背広、曲がったネクタイ、けれど神経質な動きで撫《な》で続けられている腕時計は不釣り合いに高級感があり、節《ふし》くれ立った長い指には形の良い爪が並んでいる。

若い方が顎《あご》でしゃくるようにして車を示した。

中年男は滑稽《こっけい》なほどに慌てた動きで車に飛びつき、トランクを開ける。

中に入っていたのは、若い女の死体だった。背中が大きく開いたボルドーのドレスはタイトなデザインで、肉感的な身体の線がなまめかしい。

トランクのサイズに合わせて折り畳まれた脚はギリギリ下着が見えないところまで肌が露出していて、不自然に捻られた首には艶《つや》やかな巻き髪が線の美しさを損なわない程度に絡まっている。

若い男が女の足をつかみ、中年男が脇の下に腕を差し入れた。ずるりと死体が引き出され、そのまま穴へ向かって運ばれていく。

数歩進んだところで若い方が足を持ち直し、「痩《や》せとけよデブ」と吐き捨てた。中年男は懸命に死体から顔を背《そむ》けている。

死体は穴の中に転がされるようにして落とされた。その上に、男たちは土をかけていく。まずは胸の上に、それから力なく倒された横顔に――

「カット！」

大崎祐也《おおさきゆうや》は、腹に力を込めて声を張り上げた。

途端に、押さえつけられていた周囲の空気がぶわりと膨《ふく》らむ。けれど張りつめていた糸を瞬時に切ったのはスタッフたちだけで、その中心にいる二人の役者は、まだ役柄の表情のままだった。数秒かけて、若い男——村山真生《むらやままさお》を演じる小島郁人《こじまいくと》の輪郭がぶれるように緩《ゆる》む。

小島は、ぎこちない笑みを作ってから、自らの表情の変化に引きずられるようにして、身に纏《まと》っていた空気の色を薄めた。

それでもまだ完全には切り替えられないようで、そんな自分への戸惑いを滲《にじ》ませながら、穴の中に向かって「ごめん、大丈夫?」と声をかける。

大崎はモニターに向き直り、口角を微かに上げた。

国民的アイドルグループである「ミニッツ5」の小島郁人は、正直なところ、メンバー五人の中では一段落ちる存在だった。

ダンスや歌がずば抜けて上手いリーダーの石神俊輔《いしがみしゅんすけ》、最も容姿が整っている上に堅実な演技力を持ち、映画やドラマに引っ張りだこの池田慎平《いけだしんぺい》、トーク力に定評があり、複数のバラエティ番組の司会をそつなくこなす菅野猛《すがのたけし》、ライブやSNSでのきめ細やかなファンサービスで好感度を上げ続けている富田譲《とみたゆずる》——それぞれに独自の路線で居場所を築いている他のメンバーに対し、小島郁人は、こう言っては何だが、すべてが中途半端だったからだ。

愛嬌《あいきょう》のある顔立ちをしているし、演技力や歌唱力もそれなりにある。お調子者のキャラクターで笑いを取れるからバラエティ番組でも重宝がられてはいるし、最近始めたというインスタグラムもこまめに更新している。

けれど、これならば負けないというものがないから、グループでの活動から離れ、単体での仕事になると、どうしても存在感が薄くなってしまうのだ。要するに、替えの利かない個性がない。

この映画で小島を起用することになったのも、大崎の希望ではなく、キャスティング会社の意向だった。担当者はミニッツ5の小島郁人を引っ張ってこられたことに大興奮していたし、もちろん大崎としても、小島のような知名度の高い人間が入ってくれてありがたいと思った。ただ、それでも、落胆と不安を抱かなかったと言えば嘘になる。自分のような無名の監督が口にするのはおこがましいと自覚しているから人前では言わないが、当初の役のイメージは、小島とはかけ離れていたのだ。

だが、想像以上に今回の役は小島にはまっていた。柄《がら》が悪く、暴力的で、得体が知れない殺人者。元来の愛嬌が逆に嫌な感じの危うさを醸《かも》し出している。

小島自身も手ごたえを感じているのだろう。撮影が進むごとにのめり込んでいっているのが見て取れた。

今のシーンでの『瘦せとけよデブ』というセリフも、台本の段階ではマネージャーが難色を示していたものだ。女子中高生がファンのメイン層である小島の好感度が下がりかねないという、ある意味真っ当な意見ではあったが、これを小島は自ら退け、むしろ元々『瘦せろよデブ』というセリフだったのを、『瘦せとけよ』の方がよくないですか、と提案さえしてきた。その方が死体として運ばれることを見越して瘦せとけよって言ってる感じで、より身勝手で意味不明な印象になるんじゃないかと思うんですけど、と。

——この映画は、絶対にいいものになる。

大崎は、腹の底から興奮がこみ上げてくるのを感じながら、スタッフに指示を飛ばした。カメラの位置を調整し、埋める女の死体を様々な角度から撮っていく。太腿《ふともも》、つま先、手の甲、さらに死体役の体勢を変えて、背中、尻、太腿の裏。

どうしても画面としての際どさが欲しかった。単純な観客サービスではなく、ここが最も死を感じさせるシーンだからだ。観客が少しでも性的な興奮を覚えれば、人を殺して埋めるという最大の背徳の中に潜む甘美さと後ろめたさを共有させることができる。

撮り直しを重ねて何とか納得がいく素材を揃えたところで、死体役の坂本有希《さかもとゆき》を穴から出した。

「今のシーンをもちまして、坂本有希さんオールアップです！」

助監督が周囲に向けて言いながら、大崎に花束を渡してきた。大崎は受け取って坂本に向き直り、「お疲れ様でした。ありがとう、おかげですごくいい画が撮れたよ」と差し出す。

坂本は、わあ、と歓声を上げて、花束を眩《まぶ》しそうに見つめた。すかさず、ＤＶＤ特典に入れる予定のメイキングドキュメンタリー用のカメラが坂本に寄っていく。

「坂本さん、お疲れ様でした。最後のシーンを終えて、どうですか？」

「やだあ、私、土まみれなんだけどお」

坂本のはしゃぐような声に背を向けて、大崎は次のシーンのために指示を出し始めた。スタッフたちは心得たように手際よく準備を進めていく。

大崎はボロボロになった脚本を広げた。もはや中身を見るまでもなくすべて覚えている。だが、何となく大量の書き込みがされたそれを眺めたくなった。

次のシーンで今日の撮影は終わり、そして明日はついにクランクアップだ。

主演はベテラン俳優の岸野《きしの》紀之《のりゆき》。彼が演じる冴えない中年男、平田《ひらた》耕一《こういち》が小島演じる村山真生に引きずり込まれる形で殺人を犯してしまうものの、いつしか立場が逆転して平田の暴走に村山が振り回されていくというストーリーだ。

平田は、死体を埋めるまでは情けない中年男でしかなかったのに、殺人という特異な経験をしたことで、まるで本来の姿を取り戻したかのように生気を漲《みなぎ》らせ始める。奇怪としか思えない行動を取るようになった平田を、最初は面白がっていた村山も、徐々にその不気味さに怯《おび》えるようになっていくのだ。

その境界となるのが、今から撮るシーン――死体が見えなくなった穴を、平らになるまで黙々と埋め続ける二人の構図だ。会話はなく、土が落ちる音と息遣いだけを拾う。

三十五秒という尺自体は、それほど長いわけではない。ただ、セリフがないシーンとしては少し持て余すほどの尺を、画の美しさにこだわることで魅せるものにする。他のシーンが動的なものが多いだけに、ここにイメージ通りの画を入れられればメリハリがつく。

リハーサルを終えて合図を出すと、五つのカメラに囲まれた空間は、瞬時に見えない膜に覆われ、神聖な空気で満たされた。

大崎は並んで表示されているモニターをすばやく見比べながら、イヤホンに耳を澄ませる。

躍動する筋肉の動きを執拗《しつよう》に追う視点、それぞれの表情を記録する画面、森の深さと冷たさを表現する遠景、そしてそれらに重なる荒い息遣い。

完璧な調和に、思わず力がこもる。いいぞ、このまま、あと少し――

その瞬間、突然耳元で何かが崩れ落ちるような激しい音が響いた。

反射的に身をすくめてイヤホンを外す。

ハッとして二人を見ると、小島がぎょっとした表情で背後を振り向いていた。その視線の先にあるのは――地面に転がった小さな青い鳥。

――鳥が落ちてきたのか。

状況を理解した途端、舌打ちが出そうになった。

――せっかく、イメージ通りの画が撮れていたのに。

街中でのロケでは、車の走行音や通行人の声に邪魔されてテイクを重ねることも珍しくない。だが、まさかこんな森の奥で、よりによってこんなタイミングで鳥が落ちてくるとは。

音だけなら、後から調整することもできただろう。

ちょうど近くにマイクがあったためにものすごく大きな音になってしまったが、一瞬ではあるし、セリフが重なっているシーンでもない。だが、小島が明らかに反応してしまっている以上、このテイクを使うわけにはいかなかった。

大崎は深いため息をつき、カットをかけようと口を開く。

けれど、声を出そうとした寸前、淡々とシャベルを動かし続けている岸野の姿が目に飛び込んできた。

小島が、自らの反応を恥じるように顔を伏せ、そそくさと作業へ戻る。

――これは。

喉《のど》が小さく上下した。

これは、使えるのではないか。

死体を埋めている最中に突然聞こえてきた物音に、ある意味人として当然の反応を示した村山と、まったく動じることなく作業を続ける平田――むしろ自分が表現したかった二人の変化をこの上なく表現しているのではないか。

シーンを撮り終えてから映像を確認すると、二の腕の肌が粟立《あわだ》った。

「鳥の音は調整できる?」

「はい、セリフもないところですし、自然な音量にできます」

音響の答えに、高揚感が身体の内側で膨らんでいく。

「監督」

小島が慌てた様子で駆け寄ってきた。

「すみません、俺……」

「いや、いい。むしろよくなった」

大崎は本心から言って、小島にも映像を見せる。

「……岸野さん、全然動いていませんね」

小島はモニターに顔を向けたまま小さくつぶやいた。

本当に、どこまで役に入り込めば、こんな演技ができるのだろう。予《あらかじ》め、ここで鳥を落とすと伝えていたとしても、身体をまったく反応させないのは難しいはずだ。そして、元々計画していたシーンだったなら、小島のこのリアクションは撮れなかっただろう。小島が心底動転し、一瞬演技が抜けてしまったことに気づいてそれを恥じている姿は、作中の村山真生もまた、強い自分を露悪的に「演じて」生きてきたのだと示しているように見える。

功労者である鳥を見に行くと、それは既に、死んでいた。

飛んでいる最中に何かにぶつかって死んだのか、それとも、樹に止まっていて寿命を迎えて落ちてきたのかはわからない。だが、枯葉の上に横たわる青い鳥の姿は、偶然とはとても思えないほど、この映画におあつらえ向きだった。青い鳥、というのがまた素晴らしい。幸せの青い鳥。まるでこの後の展開を暗示するかのように、二人の前に現れた新たな「死体」に、村山は反応し、平田は振り向きもしなかった――

地面に落ちたままの鳥の姿も映してもらい、ＯＫを出すと、助監督が小走りで花束を持ってきた。

「岸野紀之さん、オールアップです！」

「岸野さん、本当にありがとうございました」

大崎は力を込めて握手をした。こんなものでは、この感謝を伝えるには足りない。もどかしさすら感じて、「岸野さんがいなければ、この映画はこれほどのものにはなりませんでした」と続ける。

「何言ってんの監督、まだ終わってないだろ」

岸野は苦笑をしながら、背中を叩いてきた。

「俺も、いい映画に出してもらえて感謝してるよ。刺激的な現場だった」

「ありがとうございます」

返す声が微かに上ずる。

元々、ベテラン俳優の岸野には、オファー当初からこの映画を引っ張っていってほしいと話していた。数々の映画で主演を務め、国内の映画賞を総ナメにしてきた岸野が、自分のような無名監督の映画に出てくれること自体が奇跡のような話だったのだ。

岸野が出演を決めてくれたことで出資も集まり、企画が一気に具体化した。自分がこれだけの予算規模の映画を撮れることになったのは岸野のおかげで、このチャンスをものにしなければ、もう二度と次はないだろう。

三十六歳にして、ようやく巡ってきたチャンスなのだ。

「絶対にいいものに仕上げてみせます」

そう宣言した途端、横から視線を感じた。

振り向くと、メイキングドキュメンタリー用のカメラが回っている。オールアップの瞬間はカメラを回していると知っていたのに、そんなことも忘れて本気で語ってしまったことが恥ずかしくなったが、これはこれでアリだろう、と監督としての客観的な意識が考えていた。

そのままメイキングの取材に応え始めた岸野から離れ、大崎はスタッフたちに撤収の指示を出す。

「監督」

と、そのとき、背後からひそめられた声がした。

「すみません、ちょっといいですか」

プロデューサーの森本毅《もりもとたけし》が、親指で森の奥を指さして言い、答えも待たずに歩き始める。

「どうした?」

問いかけたものの返事がなく、仕方なくついていくと、森本は現場から百メートル以上離れた場所まで進んでから、ようやく足を止めた。

「何、こんなところまで来て。何か秘密の話?」

改めて訊《き》かずとも、他の人間に聞かれまいとしているのは明らかだったが、森本の深刻な表情に嫌な予感がして、つい茶化す声音《こわね》になってしまう。

森本は、ちらりと現場の方向を見て、どう考えても周りに人などいないのに、さらに声のトーンを落とした。

「実は、岸野さんに薬物使用疑惑があるんです」

は、と問い返す声が裏返った。

「え、何それ、え、どういうこと」

「麻薬ですよ。いつ逮捕されてもおかしくない状況で、週刊誌もマークしていると」

「え、ちょっと待ってよ。何だよそれ、え？」

麻薬？　逮捕？　あまりのことに、思考が追いつかない。

「もしスクープされたら、映画は公開中止です」

一瞬、完全に頭が真っ白になった。

「何で……」

かろうじて出た声はかすれていた。自分でも、何を聞きたいのかわからない。

「キメてるときの様子を動画に撮られてるんですよ。それが一部で出回っていて」

「動画？」

「これです」

森本が言いながら出したのはタブレット端末だった。

手慣れた動きでロックを解除し、メール画面を開いて添付されていた動画を再生させる。

画面はひどく暗く、粗《あら》かった。人が何人かいることはわかるが、誰かまでは判別できない。

だが、森本が音量を上げると、弾けるような馬鹿笑いが耳朶《じだ》を打った。

この声は――

『岸野さーん？』

『はーい、岸野でえす！　ぎゃははは！』

内臓を素手で握られたような痛みが、身体の内側に走る。

男は笑いながら、机上の白い粉末を筒状に巻いた紙を使って鼻から吸い込んだ。

「こんな……まさか」

「ほんと信じられないですよ」

森本が頭皮をがりがりと掻く。

「岸野さんがこんな馬鹿なことをするわけがないし、くだらない捏造《ねつぞう》だと思いたいです。……でも、麻取《マトリ》が捜査を始めているって」

「いや、でもさ」

大崎は、タブレットの上に手のひらをかぶせて顔を上げた。

「もしこれが本物なら、とっくに逮捕されてるだろ。いまだに逮捕されずにいるってことは、これ、嘘なんじゃないの？」

「自分もそう思っていろいろ聞いたんですけど、動画だけじゃ捏造の可能性もあるから証拠にならないらしいんですよ。結局、強制捜査で薬物を見つけられなかったら逮捕できないから、今は麻取も慎重にタイミングを見計らっている段階なんじゃないかって」

マトリ、マトリ——妙に専門用語っぽい響きが、先ほどから耳につく。

大崎は、強張った首を動かして暗転したタブレットを見下ろした。

「というか、これ、誰が撮ったんだよ」

「売人ですよ。ヤクザです。後々に揉めたときの保険とか、脅《おど》して金を取るためとか、まあいろいろ目的があるみたいですけど、こうやって流れてきてるってことは、何らかのトラブルがあったんでしょうね」

森本が額に手を当ててため息をつく。

「何にしても、ここまできたらもう時間の問題ですよ。僕が知ってるってことは、もうある程度広まっていると見て間違いないです。教えてくれた記者いわく、本人の耳に入って証拠隠滅されてしまう前にってことで麻取も急いでくるだろう、と」

もし、という言葉が思考の中でも震える。

もし、ここで岸野が逮捕なんてされたら。

――映画が公開できなくなる。

何年もかけて、ものすごくたくさんの人を説得して回り、何とか資金を集めて実現に漕ぎ着けた映画――もう撮影はほとんど終わっているし、どう考えても今さらキャストを替えて撮り直すなんて不可能だ。

主役の岸野はかなり多くのシーンに登場している。何より、岸野の演技がなければ、この映画は成立しない。

岸野紀之とミニッツ5の小島郁人のダブル主演という形だからこそ、充分な資金が集まったのだ。

自分がこれだけの予算規模の映画を撮れることになったのは岸野のおかげで、このチャンスをものにしなければ、もう二度と次はない――先ほど思ったことが、脳裏をぐるぐると巡る。

誰もが、自分のことを不運だと同情するだろう。

おまえのせいじゃないのにな、と言って、けれど再びチャンスをくれる人はいない。

結果を出せなかった——映画の世界は、それがすべてだ。

「とりあえず、すぐ岸野さんに話を聞きましょう」

背中に手のひらの感触がした。

「こうして逮捕前に情報が流れてきたのは、まだ幸運かもしれません。今すぐ岸野さんに薬を処分させれば、逮捕されずに済むかもしれない」

大崎は、ハッと顔を上げる。

森本は短く顎を引いた。

「そうすれば、万が一週刊誌に書かれても、根拠のないゴシップ記事だということにできます」


その後、どのようにして旅館に戻り、キャストやスタッフたちと夕飯を食べたのか、大崎はよく覚えていない。

ただ、頭の奥が痺《しび》れていて、笑顔で話している自分と、それを斜め上から見ている自分に分かれているような感覚だけがあった。

こんなことをしている場合じゃない。こうしている間にも、麻取や、週刊誌の記者が動いているかもしれない。岸野は何をしている。森本は——

気持ちばかりが焦《あせ》り、脈打ち続ける鼓動に吐き気さえした。

ようやく森本から連絡があったのは、食事会を早めに切り上げて解散し、部屋に戻って三十分ほど経った頃だった。

岸野の部屋に向かう間、粘ついた唾《つば》を何度も飲み込んだ。

何だよ、これ、と怒り出すかもしれない、という気もしていた。

こんなの知らないよ、捏造に決まっているだろう。これを本物だと信じたのかよ。信用ねえな、俺。監督にこんなふうに疑われるなんてがっかりだよ。

そう怒って、詰《なじ》ってくれたら、どんなにかいいだろう。

部屋に着き、森本が岸野と岸野のマネージャーの福島洋子《ふくしまようこ》に動画を見せている間も、そんな妄想《もうそう》が頭を離れなかった。早く、早く怒り出してくれ、こんなものは嘘だと言ってくれ——だが、動画を見つめる岸野の顔は、明らかに強張《こわば》っている。

「岸野さん、これは何かの間違いですよね?」

森本も、懇願するような口調で言った。

「よく似た人を岸野さんに仕立て上げて……」

だが、森本が言い終わるよりも前に、福島が切迫した声を出した。

「岸野さん」

「ちゃんとやめたって言ってたじゃないですか」

その瞬間、ぐらりと地面が傾くのを感じた。倒れ込んでしまいそうになって、反射的に腕が宙をかこうとするが、実際には身体はほとんど動いていない。

「岸野さん！」

森本が悲鳴のような声を上げた。

「やめたってことは、やっていたんですか？」

岸野は答えず、タブレットから顔も上げない。

「岸野さん」

森本が繰り返すと、「すみません」と口にしたのは福島の方だった。大崎の少し下くらいの歳のはずだが、三十歳を過ぎて化粧品会社から転職してきたらしく、新卒そこそこのようにしか見えない。

「実は、岸野は以前、アメリカに住んでいた頃に少しだけ、その……」

福島は、視線をさまよわせて言った。

「じゃあ、これ、本物なんですか？」

森本が語尾を跳ね上げる。

「岸野さん」

福島が肩をつかんで揺さぶったが、それでも岸野は口を開かなかった。ただ、焦点の合わない目をタブレットの上に向けている。

その姿は、呆然《ぼうぜん》としているというよりも、シャッターを下ろしているだけのように見えた。

「岸野さん」

大崎の口から、かすれた声が漏れる。

「映画、公開できなくなりますよ」

岸野の瞳が、ようやくわずかに揺れた。

大崎はさらに胸が詰まるのを感じる。

「絶対にいい映画にしようって言ったじゃないですか。今日だって、すごくいい画が撮れて……」

「申し訳ない」

正面から声が聞こえた途端、カッと頭に血が上った。謝らせたいわけじゃない。謝ってなんかほしくない。そんな言葉なんかで少しでも免罪できたと思われたら、たまったもんじゃない。

「今すぐ止めてください」

自分の声ではないかのような冷たい声が出た。

「証拠になるものは全部処分して、明日にでも日本を出て薬が抜けるまで帰ってこないでください」

「それじゃ仕事が……」

福島が戸惑いをあらわに言葉を挟んでくる。

「あんた状況わかってんのかよ!」

大崎は堪《こら》えきれずに叫んだ。

「マークされてんだよ、パクられたら全部終わりなんだよ、仕事なんか全部吹っ飛ぶに決まってんだろ!」

福島の肩が小さく跳ねる。その怯えた様子に、苛立《いらだ》ちがさらに募った。

「これからの仕事がなくなるだけじゃねえんだぞ。この映画だってドラマだってCMだって、全部放送できなくなるんだ。違約金だって大変な額になる。急病でも何でも適当に理由をでっち上げて調整しろよ。それで失う信用なんか、逮捕されて壊れるものに比べたら大したことねえだろうが」

「本当は明日だって遅いくらいですよ」

森本が低い声音で言い添えた。

「できるなら、今すぐ動くべきです。自宅の方は誰かが張っているでしょうから、もう岸野さんは自宅には帰らずに、今晩にでも福島さんだけで行って証拠になりかねないものは全部処分して、必要な荷物を取って……」

「もういいよ」

ふいに、投げやりな声が森本を遮《さえぎ》った。

大崎は、見開いた目を声の方へと向ける。

――もう、いい?

岸野は大きな手のひらで顔を荒々しくこすった。

「もういいって、何がですか」

大崎は、声が震えるのを感じる。岸野は、テーブルの上の煙草をつかみ、一本くわえて火をつけた。

深く煙を吸い込み、天井に向けて長く吐き出す。

「岸野さん、もういいって何なんですか」

「そんなことしても無駄だってこと」

「どうしてですか」

身体が、芯から細かく震え出す。

目の前でチカチカと残像のようなものが明滅し始める。

「だってさあ、どうせ俺、やめられねえもん」

岸野が、唇を歪《ゆが》めて煙草の火を揉み消した。

その瞬間、残像が弾けて一瞬視界が真っ赤に染まる。

——人が、一体、どんな思いで。

「ふざけるな！」

気づけば、大崎は岸野に飛びかかっていた。

胸ぐらをつかんで立ち上がらせ、全身を押しつけるようにしてベランダまで追いやっていく。

岸野の背中が手すりに当たる。上体をわずかに反《そ》らせた岸野は、それでも表情を変えずに見下ろしてくる。

ふざけるな、ともう一度繰り返してから、その後が続かないことに愕然《がくぜん》とした。

目の前の人間の殴り方がわからない。

それは、俳優の顔を傷つけることへの躊躇《ため》いではなかった。ただ、自らの身体を使って暴力を振るうということが、具体的にわからなかったのだ。

脳裏に様々なシーンが浮かんだ。相手に馬乗りになり、まるで大きな楽器を奏《かな》でるかのようにリズミカルに拳を下ろす村山、鉄パイプを思いきり振りかぶる平田、口元に笑みさえ浮かべながら指を一本一本折っていくシーン――どれも、自分が脚本を書き、メガホンを取って撮影してきたシーンのはずだった。

――なのに、身体が動かない。

自分の中に、暴力の「語彙《ごい》」がない。

そのとき、目の前で、岸野が微かに唇を歪《ゆが》めるのが見えた。

次に視界に入ったのは自分の両手――

「え？」

小さな声が、どこか遠くで聞こえた。

岸野の姿が消え、下から、大きな――とてつもなく巨大な水風船が破裂したような音が響いてくる。

手すりの奥を見下ろすよりも早く何が起きたのかわかったのは、今回の映画の中でも人が落下するシーンを撮ったからだった。人体が地面に叩きつけられるときの音を調べ、サンプルとしていくつもの音を聴き比べた。その一つが、たしかこんな音だった。

手すりから見下ろした光景は、予想通りのものだった。――ここは、六階だ。地面に直接叩きつけられて、まず助かるわけがない。

部屋の中へ顔を向けると、二つの白い顔があった。悲鳴も上げず、目を見開くわけでもなく、ただ、時間が止まったかのように固まっている、二つの顔。

それを見て、ふいに、自分が岸野を突き落とした理由がわかった気がした。

殺そうという意思があったわけではない。薬をやめようとしない岸野への怒りに突き動かされたわけでもない。

ただ、おまえの映画なんてその程度だと言われた気がしたのだ。

生まれて一度も暴力を振るったこともない男が、想像だけで作ったバイオレンス映画なんて、どうせその程度だと。

だから、公開中止になっても、別に惜しくないのだと。

視界の端で、何かが動くのが見えた。

森本がベランダに出て外の様子を確認し、部屋の中に戻ってくる。

「ひとまずここを離れましょう」

森本は、低く、唇をほとんど動かさずに言った。

福島が、「何言ってるんですか」と声を震わせる。

「救急車……そう、救急車を呼ばないと」

「もう助かりませんよ」

森本は言いながら室内を見回し、ドアへ向かった。

「ちょっと待って、」

「いいから早く！」

森本の怒鳴り声に、福島がびくりと跳ねる。森本は構わずに廊下へ出て行き、福島はおろおろしながらも後を追った。

「監督も、早く」

ドアの向こう側から急《せ》かされ、大崎も部屋を出る。

森本が小走りに向かったのは、四つ奥にある大崎の部屋だった。

「監督、鍵を」

短く告げられ、鍵を差し出すと、森本はすばやく解錠して中へ入る。そのまま座卓の横まで進み、畳の上に鍵を放った。

「ここに三人でいたことにしませんか」

大崎は、霞《かすみ》がかった頭で、その言葉を聞く。

「これが事件ということになれば、監督は逮捕されて、映画は公開できなくなります。岸野さんの薬物の件も表に出るでしょう。僕と福島さんも、警察に捕まることはないにしても、今の仕事は続けられなくなります」

ああ、そうか、と大崎は思った。

——自分は逮捕されるようなことをしたのか。

自分は、岸野を突き落として殺した。

殺人犯になったのだ——なのに、そう言葉にして考えても、一向に実感が湧かない。

「事故なのか自殺なのか事件なのかわからない段階では、ひとまず警察としても薬物の件は公《おおやけ》にしないでしょう。幸いまだ強制捜査前でしたし、たとえ司法解剖の結果、薬物反応が出たとしても、故人の名誉を尊重して警察発表をしないでもらうことは可能です」

「でも……警察が調べれば、事故でも自殺でもないってわかるんじゃないですか」

福島が、上目遣いに森本を見た。

「まあ、その可能性は高いですね」

森本は、あっさりとうなずく。

「だけど、少なくとも我々はお互いのアリバイを証明し合っている限り、容疑を向けられずに済む」

ドアの方へ視線を向け、「我々が岸野さんの部屋にいたことを知っている人間はいません」と続けた。

「部屋に入るときも出るときも誰にも見られていないし、元々、例の話をするために岸野さんの両隣は部屋を押さえた上で空《あ》けてありました。念のため〈Don't disturb〉の札もかけておいたし、鍵は僕が持っています」

福島は、視線をさまよわせた。警察に対して嘘をつくデメリットと、正直に話して、自分が担当する俳優の薬物使用が明るみに出てしまうこと、自らも殺害現場に居合わせたと知られることのデメリットを天秤《てんびん》にかけているのに違いない。

大崎は、そう冷静に考えながら、なぜ自分はこんなにも落ち着いているのだろう、とまた不思議に思った。殺人を犯した後の人間というものは、もっと動転して、必死に罪から逃れたいと思うものではないのか。

少なくとも、自分はこれまで、脚本を書く中でそういう人物像を描いてきた。だが、実際には、何かが麻痺《まひ》してしまったように、どんな感情も浮かばない。

福島はどちらの道を選ぶのだろうと考えながら、どちらを選んでも仕方ないと静かに受け止めている。

結局、福島は、唇を嚙みしめながら、森本の案を受け入れた。


『岸野さんがいなければ、この映画はこれほどのものにはなりませんでした』

熱い口調で言って岸野を見つめる自分の姿が、画面に映っている。

『何言ってんの監督、まだ終わってないだろ』

岸野が苦笑してから『俺も、いい映画に出してもらえて感謝してるよ。刺激的な現場だった』と口にし、それに対して『ありがとうございます』と上ずった声で返す自分——もう、いくつもの番組で流れている素材だった。

〈岸野紀之、突然の死去！〉

〈事故か？　自殺か？〉

衝撃を演出する書体で書かれたテロップに重なるようにして、さらに自分の顔が映る。

『絶対にいいものに仕上げてみせるって、岸野さんと約束したんです』

テーブルの上でスマートフォンが鳴り、ふと視線を向けると母親からのメッセージが表示されていた。

〈祐くん、テレビを観てびっくりしました。たくさん取材が来て大変でしょう。ちゃんと食べてる？　岸野さんのことは残念だったけど、最後にいい映画って言ってもらえてよかったね。いいものにしないとね。お父さんもお母さんも応援しています。身体に気をつけて頑張ってください〉

とても返信する気にはなれず、大崎はテレビを消してソファに頭をもたせかけた。長いため息をつき、眉間《みけん》を指の腹で揉む。

本当のことを知ったら、母は何と言うだろう。

まあ、泣くだろうな、と他人事《ひとごと》のように思った。泣きながら怒り、どうしてそんな馬鹿なことをしたのと詰《なじ》るだろう。あんなふうにテレビにまで出て、岸野さんと約束したなんて言っておいて、本当は自分が殺していたなんて最悪じゃないの。

自分でも、最悪だと思う。こんなことは、許されるわけがない。自分は、いつか罰を受けるのだろうし、そのときには、直後に自首をしていたよりひどいことが起こるだろう。

――だけど、もう止められないのだ。

すべては、動き始めてしまった。

岸野の死は、森本の言う通り、薬物のことには触れずに報道された。事故と自殺と事件、あらゆる可能性を視野に入れて捜査を続けているという警察発表は、様々な憶測も生んでいるが、基本的には、とにかく大物俳優の突然の死を悼《いた》もうという流れができている。

追悼番組が多数組まれ、その中でも遺作となる今回の映画は重点的に紹介してもらっている。公開予定館数も一気に増え、急遽作った予告編もワイドショーを中心に繰り返し流れている。

大崎自身は、ひたすら編集をする日々だ。

岸野の葬儀が終わるまでは取材が多くて落ち着かなかったが、ニュースの素材を一通り提供してからはほとんど人にも会わずに作業に向き合えている。

映像の中で動き回る岸野が、もうこの世にはいないのだということが、信じられなかった。通夜にも葬儀にも出て、納棺にすら立ち会ったというのに、すべては、それこそ一つの映画の中の出来事のように現実感がない。

大崎は事件直後に警察から事情聴取を受けたものの、三人で口裏を合わせてアリバイを確保したことで、ひとまず解放されていた。本当のところ、警察が自分に対して疑いを持っているのかいないのかはわからない。

森本いわく、警察は薬物絡みのトラブルを疑っているのではないかということだった。

おそらく司法解剖で薬物反応が出て、麻取とも情報共有がなされたのだろう。例の動画が流出していたことからしても、岸野と売人との間に何らかのトラブルがあったことは想像に難くない。その流れの中で事件が起きた――何も知らずに聞けばいかにもありそうな筋だ。

それに、岸野が薬物に依存していたという事実は、事故や自殺の可能性を高めてもいるのだ。

本当にそうだったんじゃないか、と大崎が思うようになるまでにそれほど時間はかからなかった。自分が突き落としたというのは悪い夢だったんじゃないか、岸野は自分とは関係ないところで死んだんじゃないか。

そんな都合の良い幻想を打ち砕く連絡がきたのは、事件から四日経った日の昼過ぎのことだった。

電話が鳴り始めた瞬間から、何となく嫌な予感はしていた。

画面に森本の名前が表示されているのを見て、それはさらに濃くなった。

だが、それでも、まさかこんな連絡が来るなんて誰が予想できただろう。

森本は、息を切らせてこう言った。

『岸野さんの件で、小島郁人に容疑がかかっているみたいなんです』

森本から聞かされた話は、あまりにも荒唐無稽《こうとうむけい》なものだった。

岸野が落下して死亡したちょうどその時間帯に、岸野の部屋から小島の声がするのを聞いた人がいるというのだ。

「そんなわけがないだろ。あの場に小島はいなかったんだから」

大崎は眉根《まゆね》を寄せる。

そうなんですよ、という語気の荒い声が返ってきた。

『何でそんな話が出てくるのか、さっぱり意味がわかりません。ただ、もしこれで小島が逮捕されるようなことになったりしたら、やっぱり映画は公開できなくなる』

森本は深刻な声音で言ったが、大崎は、それはないだろう、と思った。さすがに警察がそんなデマを鵜呑《うの》みにするわけがない。

「誰がそんなことを言ってるんだよ」

『小島のマネージャーによれば、旅館の従業員のようです。近くの部屋で布団を敷いていたら声が聞こえてきたと』

「あのとき、両隣の部屋には〈Don't disturb〉の札をかけておいたんだよな?」

『いや、だからそもそもがデマなんですって』

「従業員がどうしてそんなデマを」

わからないのは、そこだった。そんな嘘をついたところで、証言者には何のメリットもない。むしろ、これで小島が逮捕され、後に証言が嘘だとわかったりしたら、その人は虚偽告訴の罪に問われる可能性もあるのだ。無論、それだけでは済まないだろう。今の時代、偽証した当人を炙《あぶ》り出して顔写真や名前をインターネット上に晒《さら》す人間だって出てきかねない。

何せ、相手はミニッツ5の小島郁人なのだ。

全国に何十万人といるファンたちが、黙っているわけがない。

森本は、わかりません、と言葉を挟んでから、

『だけど問題は、嘘だとしてもそれを証明できないということなんです』

と続けた。

『小島にはアリバイがありません。自分たちは、あの場に小島がいなかったことをたしかに知っているわけですが、それを証言することはできませんし』

「実際のところ小島はどこにいたの？」

『それが、小島はその時間、一人でジョギングをしていたそうなんです。しかも、それを既に投稿してしまっている』

既に投稿――それでは、今さらアリバイがあったことにするわけにもいかない。

『もちろん、まさか逮捕なんてことにはならないとは思うんですよ。デタラメな証言だけで冤罪《えんざい》が成立するなんて馬鹿げた話はありませんから』

憤然《ふんぜん》として言う森本に、大崎は不思議な気持ちになった。

森本は冤罪に憤慨しているわけだが、実際に岸野を突き落としたのはこの自分なのだ。

『とにかく、まずは誰がなぜ偽りの証言を口にしているのかを調べて、対策を練らないと』

森本は自らに言い聞かせるようにつぶやくと、大崎の答えを待たずに電話を切った。

大崎は、スマートフォンの画面を見下ろしながら、頭が痺れていくのを感じる。

自分はツイているのだろう、とぼんやり思った。

フリーのプロデューサーである森本は、ある意味では自分以上にこの映画に賭けている。自ら出資もしているし、映画が公開中止になるような事態だけは絶対に避けたいと考えている。

だからこそ、警察に対して偽証をしてまで殺人犯である自分をかばってくれたのだ。

――森本がいなければ、今頃どうなっていただろう。

あの場で捕まり、裁判にかけられていたはずだ。殺人罪、いや、殺意はなかったから傷害致死罪といったところか。

当然、今回の映画は即公開中止が決定していたに違いない。これまでに何年もかけて準備をして、やっと撮り終えたシーンはすべてお蔵入りとなる。

――あの、鳥のシーンも。

ふいに、自分がなぜ自首せずにこうして罪から逃げ続けているのかがわかった気がした。

本当のところ、最後まで逃げきれるとは思っていなかった。警察の捜査が進めば、きっといつかは、こんな嘘など暴かれる。警察が岸野の薬物使用についてつかんでいる以上、監督である自分に岸野と揉める動機があったことも容易に想像ができるはずだ。

第一、森本はともかく、福島がいつまでも嘘をつき続けていられるとも限らない。

本来であれば、すぐに自首をする方が得策なのだろう。

正直にすべてを話して反省の意を示す。少しでも罪を軽くするためには、そうするべきだ。

――だけど、どうせもう二度と映画を撮ることができなくなるのなら。

せめてあと少し、この映画が公開され、きちんとした評価を得るまで逃げ延びられれば――そう、考えていた。

だが、これで小島が逮捕されてしまうとしたら、話は変わってくる。

先ほど、森本が口にしたときは、さすがにそれはないだろうとしか思えなかったが、意外とありえない話でもないのかもしれない。

たとえば現場に目ぼしい物証がなく、手すりの高さからして事故とも考えにくいが、事件としても容疑者が絞り込めない状況にあったとして、動機がありそうな人間が証言によって捜査線に上がり、しかもその人物にはアリバイがないとなれば、それなりの信憑性《しんぴょうせい》を持ってくるのではないか。

——そう、小島にも動機があるのだ。

小島も、この映画にのめり込んでいた。岸野の薬物使用疑惑によって公開中止に追い込まれかねないと知れば、感情的になって激しく問い詰める可能性は十分にありうる。

大崎は、両手を見下ろした。

もし小島が逮捕されたら自分は、と自らに問いかける。

自分は、罪から逃れられて幸いだと思うだろうか。

今回の映画が公開できないのは残念だけど、また別のチャンスをつかめるように頑張ろうと
——そう考えたりするのだろうか。

大崎はスマートフォンを伏せて置き、機材に向き直った。イヤホンをつけて画面を見据える。

画面の中では、岸野が奇妙なタップダンスを披露していた。

「証言者の氏名がわかりました」

森本が編集室を訪れて言ったのは、電話からさらに二日経った日のことだった。

「日野《ひの》さくら、高校三年生です」

森本が言いながら、一枚のＤＶＤを差し出してくる。

「これは？」

大崎は森本を見た。森本は、ＤＶＤを引き戻し、机の端に置かれたＤＶＤレコーダーにセットする。

「以前、ミニッツ5の番組に出演したことがある子だったんですよ」

「芸能人ってこと？」

「いえ、一般人です」

森本は短く言って、リモコンを操作し始めた。

「番組内に、一般人が出て、普段はなかなか言えないことをテレビに向かって叫ぶっていうコーナーがあったんですよ。親に対してゲーム時間の改善要求をする子どもとか、妻への感謝を叫ぶおじいちゃんだとか、そうそう、中には公開プロポーズみたいなのもあって。今は番組自体が終了しているのでこのコーナーもありませんが、日野さくらは三年前にそれに出ていたんです」

画面に、ミニッツ5の五人が現れる。森本は慣れた仕草で早送りをしていき、見覚えがある景色が映ったところで、ぴたりと再生に戻した。

映画のロケで宿泊した旅館――今回、岸野が死亡した現場として繰り返し映された建物だ。

『ここ、創業一六〇年なんだって』

周囲を見回しながらしみじみした声音で言ったのは、石神俊輔だった。

『俺、こういうところで何も考えずに一週間くらい過ごしたい』

『リーダー疲れてるねー』

茶化すような富田譲の声に対し、石神は『誰が疲れさせてると思うんだよ』と顔をしかめて、近くにあったマッサージチェアに座る。

『あー気持ちいー』

『何だよ、俺がマッサージしてやるのにー』

富田が石神にじゃれつき、『おまえのマッサージ痛いからヤダ』とあしらわれる。

なるほどな、と大崎は思った。富田譲はきめ細やかなファンサービスで好感度を上げているらしいと聞いていたが、これもその一つなのだろう。

ミニッツ5のファンの中には、メンバー同士のじゃれ合いを見るのが好きな子も少なくない。ある種の腐女子的な楽しみ方があって、富田はそのニーズに応えているのだ。

画面の中では、さらに池田慎平が売店前のガチャガチャを回し始め、『慎平、ほんとガチャガチャ好きだよな』と菅野猛が苦笑する。そこに『うわ、めっちゃ旨《うま》い！』という声が入り、カメラが慌ただしく動くと、小島郁人が唐突に肉まんを頬張っていた。

『何でいきなり食ってんだよ！』

すかさずツッコミを入れた菅野に対し、小島が『いや、これめっちゃ旨いって！』と繰り返す。

『うちの名物なんですよ』と説明しながら現れたのは、旅館の女将《おかみ》だった。

『うちの人が皮から作っているんですけどね、宿泊されるお客様でなくてもお買い求めいただけるんで、わざわざこの肉まんのためにお越しくださる方もいるんですよ』

『へえ』

段取り通りの流れだろうに、小島が初耳のように感心した様子でうなずいた。

『たしかに、これはその価値あるわ』

言いながら手を伸ばしてもう一つの肉まんを受け取り、両手に肉まんを持つ構図になる。

『郁くん完全に食いしん坊キャラじゃん』

菅野が再びツッコミを入れ、そこに、ピンクのTシャツの胸元にカツオのピンバッチをつけた池田が現れる。

『それ、今ガチャガチャで取ったやつ？』

菅野が訊くと、池田は『こういうご当地モノってついつい集めちゃうんだよ』と満足そうな笑みを浮かべた。妙にリアルなカツオのピンバッチは、単体で見るとどう使えばいいかわからないようなものだが、池田がつけるとすごくオシャレで気が利いたデザインに見える。

『こちらの肉まんにもカツオが入っているんですよ』

女将が流れるようなタイミングで言葉を挟み、小島が『あ、このクセになる味はそれか！』と手にした肉まんを再び頬張る。

旅館の宣伝としてはこの上ない映像だろう。東京からは飛行機で一時間半、さらに車で一時間かかる僻地《へきち》だが、ミニッツ5のファンとしては、実際にこの旅館を訪れて肉まんを食べたり、ピンバッチを集めたくなったりするに違いない。

予め用意されている台本の存在を思わせない自然な流れで宣伝を終えたところで、制服のシャツ姿の男子中学生が登場した。

「この回は、この子がクラスの女の子に告白したいっていうことで応募してきたようなんです」

画面には女子中学生が三人映る。その中の一番かわいらしい顔の子にズームが寄った。田舎臭《いなか》く、垢抜《あかぬ》けない子だが、それでも顔のパーツは比較的整っている。

「この子が証言者？」

大崎は森本に顔を向けた。

だが、森本は「いえ」と短く言って画面を指さす。

「証言者はこの隣の子です」

半分見切れたその子は、かわいらしい子の二倍は幅がありそうな体格をしていた。ぽっちゃりを通り越して丸々としている。

画面の中でも、メンバーたちがモニターを見ながら『どの子？』と少年に尋ね、少年が『この子です』とかわいらしい子の方を指さす様子が映った。

そこで小島が「俺はこっち」と丸々した子の方を指さす。

『めっちゃ美味《おい》しそう』

『郁くん、それ問題発言だって』

菅野が小島を小突き、池田が『エロい意味にしか聞こえないよー』と両耳を塞《ふさ》いでみせた。

だが、池田がそう言ったことで、逆にそういう意味ではないのだと伝わってくる。

小島は、先ほどの肉まんの伏線を回収しているのだ。

少年が緊張した面持ちで女の子の前に立ち、たどたどしく告白をするシーンになると、森本は再び早送りをし始めた。

「まあ、この告白自体は失敗するんですけど」

「この流れで断るとかあるんだ」

大崎は眉を微かに上げる。

「それがこのコーナーの味なんですよ」

森本はコメントしながら早送りを解除した。

「告白が上手くいくこともあればいかないこともある。子どもの親への交渉とかでも、親が丸ごと要求を受け入れはしなかったりして、そこがやらせっぽくないし、最後まで結果がわからないってことでそれなりに人気があったようです」

「でも、素人同士の告白で、しかも成就すらしないとなると盛り下がらないか？」

「そこを何とかするのがミニッツ5なんですよ」

森本が言う通り、画面の中では、メンバーみんなで少年を励まし、叙情的な音楽まで流れてそれなりに盛り上がっている。

さらには小島が丸々した女の子の方の頬に触れて『君、この旅館で働かないか』と口説き始めた。

まるでキザな告白のような構図に顔を赤らめる女の子の腕を引き、『絶対肉まん売ったらいいと思うんだよ』と言って、肉まん売り場の前に引っ張っていく。

さらにその手に肉まんを持たせ、

『ほら、最高じゃん！』

と目を輝かせて拍手をした。

女の子も自分からもう一つ肉まんをつかみ、両手に肉まんを持つ構図になる。つい先ほど小島も披露した「食いしん坊キャラ」の画だが、完成度が段違いだった。

もちもちと柔らかそうな太い指、パンパンに膨らんでテカった顔、笑うと糸のように細くなる目――肉まんのマスコットキャラクターだと言われてもうなずけそうな愛嬌がある。

すると突然、女の子が肉まんにかぶりついた。目を丸くした菅野がすかさず『食うのかよ！』とツッコミを入れ、小島が『サイコー！』と腹を抱えて笑う。スタッフが爆笑する声もそこに重なり、すかさず女将が出てきて、『うちで働いてください！』と告白の構図にかぶせて頭を下げた。

女の子は驚いた様子で周囲を見回し、口の中の肉まんをモゴモゴさせてからうなずく。その瞬間に先ほどと同じ叙情的な音楽が流れ始め、メンバーたちが駆け寄った。

ハッピーエンドでコーナーが終わり、森本が動画を止める。

「この肉まんの子が、証言者の日野さくらです」

大崎は、小島に肩を抱かれて笑っている日野さくらの顔を見つめた。

この子が――純朴そうな笑顔は、とても人を嘘の証言で陥《おとしい》れようとするようには見えない。

「この子、この流れで本当に働いてたのか」

「放送直後は結構人気だったみたいですよ。まさにマスコットキャラクター的な感じで写真を撮られたりもして」

「何でこの子が証言者だってわかったの？」

証言者の素性は、警察としても、特に容疑者サイドには伏せておくべき事柄のはずだ。

「由木《ゆぎ》さんですよ」

森本が口にしたのは、ミニッツ5のマネージャーの名前だった。由木草介《そうすけ》。福島とは違ってベテランのマネージャーで、ミニッツ5をトップアイドルに成長させた豪腕で鳴らす存在だ。

「ミニッツ5の事務所は地方の警察ともパイプを持っていますからね。捜査関係者の中にも、今回の証言についてはガセなんじゃないかと考えている人間がいるようで、由木さんに情報を流してくれたらしいんです」

「その人がガセだと判断した根拠は？」

「そりゃ、何かしら証言に不自然なところがあったんじゃないですか。実際ガセなんだし」

「それにしても、どうしてこの子が」

一番の疑問はそこだ。嘘の証言をするメリットがないどころか、リスクが高すぎる。彼女の嘘で無実の小島郁人が容疑者に仕立て上げられたと知ったら、ファンは怒り狂うに違いなく、さらに由木は、小島を守るためならファンに日野さくらの情報を流すくらいのことはやりかねないのだから。

そこまで考えて、ますます不思議になった。

「……というか、この子は小島のファンじゃないの？」

小島に肩を抱かれた構図のまま静止している画面を指さす。

自分たちは職業柄見慣れているが、やはり芸能人というのはオーラがすごい。テレビ画面の中では冴えない印象でも、直《じか》に会うと一般人とは違うオーラの強さに圧倒されるものだ。滅多《めった》に会えない存在だからこそ、一度でも直に会ったら「特別な芸能人」になる。その人の顔や名前を見るだけで、自分が会ったときの光景を思い出すようになり、テレビでは見られない「本物」の姿を自分は目にしたことがあるという特別感を味わうために、さらにその人を応援するようになるのだ。

小島郁人がグループ内で一段落ちると言っても、そこは国民的アイドルグループの一員だ。よく見るとかなり整った顔立ちをしているし、オーラも他の芸能人の比ではない。

その小島郁人が、単に目の前に現れたというだけでなく、自分に気を留め、さらに頬に触れて口説くような構図で話しかけてきたとなったら、普通の中学生がのぼせ上がらないわけがない。

「たしかにそうですよね」

森本も怪訝《けげん》そうに首をひねる。

「ファンなのにわざわざ小島が困るようなことをするなんて……」

森本がそう続けたときだった。

大崎は口元に拳を当て、もしかして、とつぶやく。

「ファンだから、じゃないか？」

「ファンだから？」

森本の眉間の皺《しわ》がさらに濃くなった。大崎は顎を引く。

「歪んだファン心理の一種だよ」

口にして、ああ、そうだ、と思った。

ファンの誰もが、その人の活躍を喜び、真っ直ぐに応援するとは限らないのだ。

たとえば、相手が成功するほどに自分と距離ができたと感じて悲しくなる人もいれば、あえて人前ではその人の評価を下げるようなことを言う人もいる。いわゆる、親しみの卑下《ひげ》というやつだ。自分は、みんなが知らないような姿を知っている。だから、他のみんながしているようにただ褒《ほ》め称《たた》えるだけではなくて、こき下ろすこともできる——そんな、ある意味でのマウンティング。

そして、そんな狂信的な愛情が度を越してくると、相手のことを傷つけようとする人間さえ出てくる。

森本は険しい表情でうなずいてから、口を開いた。

「あるいは、もっと単純な話かもしれません。ほら、この子からしたら、小島に言われた通りにこの旅館で働くようになって、そこに偶然、小島が今度は映画のロケで泊まることになったわけでしょう。感動の再会ができると胸を躍らせていたのに——」

「小島は、彼女のことなんて忘れていた」

大崎は森本の言葉を継いで、もう一度画面に目を向ける。

何百本と大量のロケをこなし、そのときそのときで自分に与えられている役割をこなすことに力を注いできた小島からすれば、三年前のロケなど日々の仕事の一つでしかなかったはずだ。旅館自体は記憶にあるかもしれないが、「肉まん」に似ていた中学生がいたことなど忘却の彼方《かなた》に消え去っていて当然だ。

「小島に会いに来てもらえず落胆した彼女は、たまたまバイトに入っていた日に事件が起きたことを知って、嘘の証言をすることを思いついた」

大崎が続けると、森本も声のトーンを上げる。

「もし小島が逮捕され、起訴されたら、少なくとも日野さくらは、証人として裁判所で小島と再会できる」

大崎は、森本と顔を見合わせた。


レンタカーを停めてナビを確認し、双眼鏡を構えて一本道の先にある家を見た。

ブルーグレイを基調とした二階建ての一軒家は、都内でもよく見かけるタイプのものだ。

間取りや庭は広く贅沢《ぜいたく》に取られてはいるが、よく言えばシンプルで、悪く言えば味気ない印象の家だった。

大崎は腕時計を見下ろし、百メートルほど手前にあるバスの停留所を見やる。

ここに来るまでの間にも何人かの住民から声をかけられていた。どこに行くのか、何者なのかと、わざわざ畑仕事の手を止めてまで尋ねてくる住民たちに対して、自分を案じてくれているのだろうと単純に思わない程度には、大崎も田舎というものを理解しているつもりだった。

大崎自身は横浜育ちだから、日常における閉塞感と排他主義を実感として知っているわけではない。だが、映画のための取材やロケハンをする中で、あからさまに警戒をされたことが何度もある。

「わ」ナンバーの車がうろちょろしているというだけで、既に怪しまれていることは確実だった。さらに民家の前で張っているところを見つかったら、通報されかねない。

由木が調べてくれた住所を見ると、日野さくらはアルバイトが終わった後、あのバス停で降り、この道を歩いて通って家に帰るはずだった。バスの到着予定時間はたった今過ぎたが、まだ県道にはバスの姿はない。

早く、と気ばかりが焦った。あまり長い時間ここに留まっていると、また誰かに咎《とが》められかねない。これから切り出す内容が内容である以上、余計な人間には邪魔してほしくなかった。

大崎は中指の先でハンドルを叩きながら、大丈夫だ、と自分に言い聞かせる。

もし自分たちの予想が正しければ、証言を撤回させることはそれほど難しくないだろう。

小島と会わせてあげる、と言えばいいだけなのだから。

望むならサインだってあげるし、記念写真だって撮ってあげる。だから何とか、小島のことを助けてあげてくれないか？　君にしかできないんだ。

そう頼み込めば、ファンである以上、心が動かないことはないのではないか。助けるも何も、彼女自身が窮地に追い込んでいるわけだが、そこは今問題にしても仕方がない。

バスが到着したのは、それからさらに三分ほどしてからのことだった。

降りてきたのは一人だけで、胸元までの長い髪とディズニーキャラクター柄のパーカーから、若い女性だろうとわかったものの、すぐにこの子ではないなと判断できた。

動画で観た姿とはかけ離れた体形だったからだ。形の良い尻も、そこから伸びたすらりとした脚も、あの「肉まん」を彷彿《ほうふつ》とさせるシルエットからは程遠い。

日野さくらはこのバスに乗らなかったのだろうか、と走り去っていくバスを見送り、ふと視線を女性に戻したところで、あれ、と引っかかった。

この厚めの唇、目の横のほくろ――どことなく、面影がある。

大崎は慌てて車を降り、サングラスを外《はず》してから女性に駆け寄った。

「あの、ちょっとすみません」

女性は、びくりと肩を揺らし、身をかばうようにトートバッグを抱き寄せる。その姿は、やはり動画で観たものとはかなり違っていたが、よく見れば、一つひとつの顔のパーツは同じだった。

「あ、ごめん、いきなりでびっくりするよね。僕は、実は映画監督をしている者で」

大崎は名刺を取り出し、日野さくらに差し出した。

日野さくらは受け取ろうとはせずに首だけを伸ばして名刺を覗《のぞ》き込む。その姿には猜疑心《さいぎしん》がわかりやすく滲んでいて、三年前のマスコット的なかわいさがある「肉まん」は見る影もなかった。

大崎は少し迷ったものの、ここは遠回しに話し始めるよりも、さっさと用件を切り出してしまった方がいいだろう、と考える。

「単刀直入に言うと、君の証言によって、小島くんが警察に疑われているんだ。もしこのまま小島くんが逮捕されるようなことになったりしたら、せっかく撮り終わったばかりの映画も公開できなくなる」

大崎は、日野さくらが名刺を受け取らないのをいいことに、名刺を名刺入れにしまった。できれば、この子には名刺を渡したくない。

「今日、僕がここに来たのは、君にお願いをするためなんだ」

できるだけ柔らかい声音になるように気をつけながら、日野さくらを正面から見つめる。

「今すぐ、証言を撤回してほしい」

日野さくらは、答えなかった。

ただ、感情の読み取れない無表情を向けてくる。

大崎は、頬が引きつるのを感じた。相手は田舎の小娘だ。自分はこれまで、もっと怖い、押しも個性も強い人間を何人も相手にしてきたはずだ。こんな小娘相手に怖気《おじけ》づいてどうするというのだ。

「一人で行って警察に怒られるのが怖いなら、僕が一緒に行くから」

「怖い?」

それまで反応のなかった日野さくらが、小さく問い返してきた。

「いや、怖いというか……とにかく、できるだけ君が怒られないように話を持っていくから……」

「嘘をつけっていうことですか」

ハッとして視線を向けると、日野さくらはこちらをじっと見つめていた。その鋭い視線に、一瞬混乱する。

嘘？　何を言っているのか。嘘をついているのはそっちではないか。

大崎は頭を掻き、えーと、と首をかしげてみせた。

「というか、小島くんの声を聞いたっていう方が嘘だよね？」

「どうしてそう思うんですか」

目の前の少女は、少しも動揺をあらわにすることなく、訊き返してきた。

「どうしてって……」

大崎の方が思わず視線をそらせてしまう。

「小島くんは、夕食の後ジョギングに出かけているんだよ。もちろん岸野さんの部屋には行ってない」

少女は間を置かずに「そっちが嘘です」と返してくる。

――この子は、何なんだろう。

どう考えても、嘘をついているのはこの子の方だ。自分はそれを確信している。確信していて、けれどその根拠を口にすることはできない。

大崎はため息をつきたくなるのをこらえながら、んー、と小さく唸《うな》った。

「要するに、君はどうしてほしいの?」

何だかこの子相手に段取りを踏んで話すのが馬鹿らしいような気がしてきていた。もはや探り合いをするより、さっさと要求を聞き出してしまった方が手っ取り早いだろう。

「小島くんにもう一度会いたいんでしょ?」

少女の顔面の肌が張り詰めた。そこにはニキビ痕《あと》がいくつもあって、この子はまだまだ思春期の子どもなのだということが思い出される。大崎は肩から力が抜けるのを感じ、「ねえ、日野さん」と、静かな声音で語りかけた。

「小島くんは、何も悪いことはしてないんだ。それなのに、すべてを失おうとしている。今回の映画だけじゃない、このままじゃもうテレビにも二度と出られなくなる」

少女の目が、ようやく微かに動いた。

大崎は手応えを感じて、「君は彼のファンなんだろう?」と続ける。

「今、小島くんを助けてあげられるのは、君だけなんだよ」

用意していたセリフを口にした瞬間だった。

ふ、と少女の口元が歪む。

「何か勘違いしているみたいですけど、私は小島郁人を助けたくなんかないし、顔も見たくないです」

その吐き捨てるような口調に、嫌な汗が、背中の中心を流れ落ちていくのを感じた。

もしかして、自分たちは大きな考え違いをしていたのではないか。

「……小島くんに怒っているの？」

少女は、うなずかなかった。だが、今度は否定もしない。

——怒っているのだとしたら、それは。

「もしかしたら小島くんは、旅館で働いている君に冷たい態度を取ったのかもしれないね」

大崎は唇を湿らせて語りかける。

「でも、彼は今回はバラエティじゃなく映画のロケに来ていて、これまでにない役柄にのめり込んでいたんだ」

それに、と日野さくらを見つめて続けた。

「君は見た目がすごく変わったよね？　三年前もかわいらしかったけれど、今はすごく綺麗になった。小島くんが君だと気づけなかったとしても無理はない」

少女の反応はなかった。

だけど、ここで引き下がるわけにはいかない。

「警察がきちんと調べればすぐに嘘だってバレる。警察が騙されてくれるのなんて一時期のことなんだよ。今ならまだ、警察に怒られるだけで済むけど、もし小島くんに容疑がかかっていることがニュースになった上で、やっぱり証言は嘘でした、なんてことになったら、小島くんのファンたちが黙っているわけがない」

やはり、ここを攻めるしかないだろう。

「君の名前はもちろん、顔写真だってインターネット上に晒《さら》されるだろう。こんな田舎では、あっという間に住所も特定される。彼らは絶対に君を許さないし、どんな嫌がらせをされるかわからないよ。それはどんどんエスカレートしていくはずだ」

少女が、強張った顔を伏せていく。大崎は意識的に表情を和らげ、「いいものが撮れているんだよ」と声に熱を込めて言い募った。

「もう撮影も終わっていて、絶対にいい映画にできるっていう確信があるんだ。映画にはいろんな人が関わっていて、みんなの努力がこのままじゃ無駄になる――」

ふいに、少女が顔を上げた。

真っ直ぐに見つめられ、大崎は身を乗り出す。届いている。あと一息だ。もう少し、彼女の心を動かすことができれば――

「この町のロケで、すごくいい画が撮れたんだ。死体を埋めるシーンなんだけどね、突然鳥が死んで落ちてきてくれたおかげで、奇跡みたいにいいシーンになったんだよ」

言いながら、上手く言葉で説明しきれないことが歯がゆくなる。

「小島くんも今までにない役に挑戦して、これがまたはまり役で、めちゃくちゃかっこいいんだよ。観たくない？」

ここで、少しでも、観たいと思わせることができれば勝ちだと思った。小島の容疑が晴れなければ映画は公開できない。映画を観たければ、容疑を晴らすしかない。

「あの画がお蔵入りになるなんてもったいないんだよ」

そう、とどめのつもりで口にした瞬間だった。

すぅ、と、目の前の少女が纏う空気が冷たくなる。

――え?

少女が、まつげを伏せたままゆっくりと唇を開いた。

「逮捕されたら映画が公開できなくなる――あのときもそう言っていましたね」

ぎくり、と全身が強張る。

「『映画、公開できなくなりますよ。絶対にいい映画にしようって言ったじゃないですか。今日だって、すごくいい画が撮れて』」

大崎は目を見開いた。

――その、言葉は。

「クスリをやってるって揉めてた」

日野さくらが、空中に書かれた文字を読み上げるように言った。

「警察の人も、私がそう言った途端に顔色を変えて、話をきちんと聞いてくれました」

一気に血の気が引いていく。

岸野の動画は、出回っているとは言っても業界内のごく一部でのことだ。インターネット上に流れているわけでもないし、一般人の女子高生が知りうることではない。

――この子は、本当にあのとき近くにいたのか。

「どうして……」

両隣の部屋には誰もいなかったはずなのに。

「押し入れの奥で枕を探していたら、上の部屋から聞こえてきたんです」

――上。

足元から悪寒《おかん》のようなものが這《は》い上がってくる。

自分は今日、ここに来るべきではなかった。

彼女は本物の証言者だった。彼女の偽証のおかげで、自分は警察から容疑を向けられずに済んでいた――

「あなたたちは、あのときにも言ったんです」

日野さくらの言葉に、大崎は弾かれたように顔を上げた。

「せっかく面白い画が撮れたのに、お蔵入りにするなんてもったいないじゃんって」

意味がわからず、眉根を寄せる。

――あのとき?

岸野を突き落としてしまったあの夜、自分はそんなことは言わなかったはずだ。

「私は泣きながら頼んだのに、誰も聞いてくれなかった。今さら何言ってんの、アドリブもバッチリだったよ、どう考えてもおいしいじゃんって」

「……もしかして、あのバラエティ番組の話?」

「おいしいって何なんですか。テレビにたくさん映《うつ》ること？　どうしてそれが誰にとっても嬉しいことだなんて思えるの？　肉まんだなんて呼ばれて、笑い者にされて、そんなの放送してほしいわけない」

でも、という言葉が、思わず口をついて出てしまっていた。

「君も、笑っていたよね？」

そうだ、この子だって、見事に流れに乗っかっていたではないか。小島にいじられて、自分からもう一つの肉まんに手を伸ばして、堂々とかぶりついて——

けれど、日野さくらはそれには答えなかった。低く這うような声で、「こんな狭い町で、こいつはいじってもいいやつだって思われるのがどういうことだかわかりますか」と続ける。

「みんなから肉まんって呼ばれるようになって、でも、みんな私が喜んでると思ってるんです。本当は嫌なんだ、やめてほしいって言っても、またまたーノリノリだったじゃんって」

少女の目尻が、赤くなっていく。

「そんなに嫌なんだったら、初めから乗っからなきゃよかったじゃん。せっかく小島くんがいじってくれたのに文句を言うなんて生意気。いい気になんなよ肉まんのくせに——だから、必死に痩せました。でも、そうしたら今度は、あーあって言われるんです。太っている方がかわいかったのに、せっかくの肉まんが台無しだよって」

大崎は、ぎくりとした。

自分も、たしかに同じことを思った。

「ここまで痩せて、やっと肉まんとは呼ばれなくなりました。でも、私はずっと覚えてる。だって、忘れられるわけがない。あの人がテレビに映っているのを見るたびに、思い出さずにいられないんだから」

少女の目が据わる。

「私は小島郁人の顔なんか、二度と見たくない」

少女は、先ほども口にした言葉を繰り返した。

「映画にもテレビにも、二度と出てほしくない」

声が震えたが、涙はこぼれ落ちてこない。

国民的アイドルである小島郁人の顔を見まいとしたら、テレビ自体を観ないようにするしかない。だが、たった一つだけ、小島の方に消えてもらう方法があった。

自分があのとき、岸野と福島に対して口にした言葉。

『パクられたら全部終わりなんだよ、仕事なんか全部吹っ飛ぶに決まってんだろ！』

それを、彼女は下の部屋で聞いていた。

これからの仕事がなくなるだけじゃねえんだぞ。この映画だってドラマだってＣＭだって、全部放送できなくなるんだ――まさに、それこそを小島に望んでいた彼女が。

少女が、見下ろした自らの手を、ゆっくりと握りしめていく。

「あなたが言う通り、どうせ私の嘘なんてすぐにバレるでしょう。結局、小島郁人が芸能界から消えてくれることなんてない」

数秒して、拳が花開くようにほどけていった。

「そのために私がまた晒し者にされるなんて、たしかに御免《ごめん》です」

少女の目が、大崎を真っ直ぐにとらえる。

「小島郁人に罪を着せたまま、のうのうと『いい画』ばかり守ろうとしている人間が他にいるのに」

自分は間違えたのだ、と大崎はわかった。

自分はやはり、今日この場に来るべきではなかった。この子に会うべきではなかったのだ。

けれど、今さら後悔したところで、もう遅い。

少女が、唇を歪めるようにして微笑《ほほえ》んだ。

「あなたが言う通り、証言は撤回して、本当のことを言うことにします」

# ミモザ

変わらないな、と言った彼の顔こそ、変わっていなかった。

込み上げる愛《いと》しさに、自然と目を細めたというような――その実、どういうふうに細めれば、そう見えるかを知ってやっているような。

悪寒《おかん》に似た震えが走って、どうして、どうして、という言葉が頭の中で鳴り響く。

どうして、この人が。

「久しぶり」

穏やかなのに、内側には立ち入らせない硬さを中心に持った声は、記憶の中のものよりもわずかに低かった。

私は、咄嗟《とっさ》に視線を手元に落とす。

テーブルの上に置かれた整理券の裏には、見慣れた字で〈瀬部《せべ》庸平《ようへい》〉と書かれていた。

私は耳の裏が熱くなるのを感じて、髪を撫《な》でつける。

「わあ、お久しぶりです」

習慣にすがるように口を動かし、「すごい、嬉《うれ》しい」と胸の前で手を叩いてみせた。

このサイン会が始まってから、何度も繰り返してきた言葉だ。

以前も来てくれた人、インスタでよくコメントをくれる人、私の本を見て作った料理の写真を見せてくれた人、手土産《てみやげ》を持ってきてくれた人——彼らに対してと同じ声音《こわね》が出せたことにほっとして、隣に立つ担当編集者に「学生の頃にアルバイトしていた会社の方なんです」と説明する。編集者は、彼の表情を見てはいなかったのか、へえ、そうなんですか、と高いテンションで相槌《あいづち》を打った。

「ずっと応援してくださっているなんて嬉しいですね」

気づかれなかった、と思ってから、それもそうだ、と思う。

瀬部さんは、私より一回り歳が上だ。そうでなくても、昔つき合っていた相手のサイン会に来る人がいるだなんて、誰が考えるだろう。

しかも、私は結婚していて、瀬部さんは当時から既婚者だったのだ。

「本当に嬉しいです」

私が繰り返すと、目の前の男が微《かす》かに鼻白《はなじろ》むのがわかった。胸がすく思いと焦《あせ》りを同時に感じて、

「瀬部さんにサインするなんて、何か不思議な感じです」

とおどけてみせる。

サインペンを握る手に力を込めて、瀬部、と書いた。それだけで胸の奥にざわつきを覚え、そんな自分に動揺する。

あの頃、私はこの名前を何度も書いていた。

オフィスにかかってきた電話を取り、不在や話し中であればメモをしてデスクに置くのが、ア

ルバイトの仕事の一つだったからだ。

もう九年も前の話だというのに、一番頻繁にかけてきた印刷所の担当者の名前までもが蘇《よみがえ》り、その記憶の甘やかさに息が詰まる。

私が電話メモを渡すふりをして瀬部さんと個人的なやり取りをするとき、ダミーとして使っていたのがその名前だった。吉浦《よしうら》様から電話がありました、と言いながら、今晩飲みに行けないかと誘う文面を手渡す。瀬部さんは口元だけで笑い、了解、連絡しとく、と言って手の中にメモを握り込む。

彼も私も、会社では決して、社員とアルバイトという域を超える姿を見せることはなかった。他のアルバイトの子たちよりもよほど節度を保った態度のまま、密やかに特別な言葉を交わす――引きずり出されるように浮かんだ光景を振り払うために、勢いよくサインを書きつける。

「瀬部さんは、今はどんな本を作っているんですか?」

「いや、会社辞めたから」

「え?」

濃茶の縁《ふち》メガネの奥の目と視線が合った瞬間、身が竦《すく》んだ。

「転職したんですか?」

「編集の仕事自体もうやってないよ」

え、という声がもう一度漏れる。

「そんな、どうして」

「ま、いろいろあってさ」

瀬部さんは苦笑を浮かべながら少しも説明する気のない口調で言って、まだ日付を書き終えていなかったサイン本を取り上げた。

「元気そうで安心したよ。それじゃあ」

あっさりと片手を挙げて身を翻《ひるがえ》し、躊躇《ためら》いなく去っていく。

待って、と言いそうになったのを、実際に声に出さずに済んだのは、列の次の人が一歩前に詰めてきたからだった。

本を両手で恭《うやうや》しく差し出され、「ありがとうございます」と微笑《ほほえ》みかけながら受け取る。

サインペンを持ち直す手が震えているのが見えて、心臓が痛いほど高鳴っているのを今さらながら自覚した。

——今のは。

どうしていきなり。

会社を辞めた?

まとまらない思考がぐるぐると乱反射する。

それもまた、覚えのある感覚だった。瀬部さんといた頃、私はいつもこんなふうに混乱していた。唐突に踏み込んできて、柔らかく拒絶する男。関われば関わるほどに自分の輪郭を崩され、逃げなければと心の底から思うのに、自分から離れることはできなかった。

別れることになったのは——私が、瀬部さんの奥さんに会いに行ったからだ。

会社の住所録で調べた彼の自宅に無断で行き、けれど、いざ奥さんを前にすると何も言えなかった。ただ、駅までの道を訊《き》いただけで帰り、それでもその得体《えたい》の知れない女が私であったことは、すぐにバレた。

つまんねえことすんじゃねえよ、とすごまれて、私は後悔と恐怖に涙を流しながらもどこかで安堵《あんど》していた。

これでもう、瀬部さんの方から私を突き放してくれる、と。

私がアルバイトを辞め、その後も瀬部さんから連絡が来なかったことで関係が終わった。それが、二十二歳の頃だ。

当時はつらくて仕方なかったけれど、時が経つにつれて、あのときちんと離れられてよかったと心から思うようになっていった。

あれは、未熟で、不安定だった頃の特殊な時間だった――いや、彼といたからこそ、あそこまで追い詰められていたのだと。

私は目の前の女性と握手をしながら、これがサイン会でよかった、と思った。

席を外《はず》すわけにはいかない場でなければ、私はきっと、彼を追いかけてしまっていただろう。

どうして、私のサイン会に来たりしたのか。

編集の仕事を辞めたというのは、どういうことなのか。

何があって――今は、何をしているのか。

そんな、中途半端な形で投げ出された罠《わな》のような疑問に、反射的に飛びついてしまっていたはずだ。

サイン会が終わり、担当編集者から打ち上げでも、と誘われたものの、今日は行く気になれなかった。

ちょっと疲れてしまって、と言って断り、参加者からの手紙と手土産が入った紙袋を手に帰途に着く。

帰りの電車で紙袋の中身を確認したのは、たまたま座れたからだった。太腿《ふともも》の上に載せた三つの紙袋がかさばっていたから、大きめの袋の中にまとめようと思いついたのだ。

私がサインをしている間に編集者が受け取った手紙やプレゼントの端には、必ず下さった方の名前をメモしてもらっていた。後でお礼を伝えたいからだ。一つ一つの名前を確認し始めたところで、〈瀬部様〉という名前に息を吞む。

飛びつくようにして袋を開け、中に入っていた小さな紙に心臓が大きく跳ねた。

〈向かいのビルのバーにいます〉

あの人と二人で飲みになんて行けるはずがないと思いながら、電車を降りていた。

どん、どん、とうるさいほどに鳴る胸を押さえて、向かい側のホームに滑《すべ》り込んできた電車に駆け込む。

——もう、一時間半経っている。

さすがにあきらめて帰ったはずだ、と思うと、どうしてもっと早く袋の中を確認しなかったんだろうという後悔と、これでよかったんだという安堵が湧いた。そのどちらが大きいのかわからないままに、反対側のドアを振り返り、降りる人の後に続く。

ビルの前まで来たところで、私は何をしているんだろう、と我に返った。

サイン会をした場所のすぐ向かいだなんて、誰に見られるかもわからないのに。

一つ息を吐《つ》いて、開いたエレベータに入ると、駅のトイレの液体石けんと古い油が混ざり合ったような、胸が悪くなる臭いがした。

私は呼吸を止めて階数ボタンをにらむ。

そう言えば、今朝は家を出るときにもゴミ収集のタイミングに当たってしまったのだった。ちょうどマンションの清掃員がゴミを抱えて出てくるところで、そのときもこうして息を止めて、早足に行き過ぎた。距離ができてから息を吸い込んだものの、まだ腐敗臭が微かに残っていて、服にまで臭いが染みついてしまったような嫌な気分になったことを思い出す。

エレベータから逃げるように出ると、すぐ目の前がバーだった。化粧を直して香水をつけたかったけれど、見たところ店の外にトイレはない。

深呼吸をしながら背筋を伸ばし、臙脂《えんじ》色の絨毯《じゅうたん》へと踏み出した。

バーというよりも小さな居酒屋のような、壁に手書きのメニューが所狭しと貼られた店内で目が泳ぐ。

瀬部さんは、一番奥のカウンターにいた。

私が来ることがわかっていたというように、自然な動きで隣の椅子を引き、お疲れ様、と口にする。

「早かったね」

「もう二時間近く経ってますけど」

瀬部さんの方を見ずに席に着いた。瀬部さんはドリンクメニューを私の前へ滑らせ、店員に片手を挙げる。

「打ち上げがあるだろうから、もっと遅くなると思ってたよ」

店員がすぐさまおしぼりを持ってきたので、私は少し迷ってウーロン茶を頼んだ。

「飲まないの？」

「今日は疲れているので」

ふうん、というどうでもよさそうな相槌の後に、「なるほど」と続けられて、やっぱり来るんじゃなかった、と思う。

「打ち上げは？」

「行ったけど、早めに上がらせてもらったんです」

一瞬、間が空《あ》いた。顔を向けると、瀬部さんが目を細めるところで、遅れて、自分が発した言葉の意味に気づく。

「ここに来るために早めに上がったわけじゃなくて、疲れているから早く上がらせてもらったら、メモに気づいて」

「そっか、疲れているのにありがとう」

笑い混じりに言われて、すべて見透かされているのだとわかった。

ウーロン茶で乾杯をすると、瀬部さんは、ここ、旨《うま》いんだよ、と言って次々に料理を勧めてきた。だし巻き卵、じゃこと大根のサラダ、山芋のわさび和《あ》え、手羽先の唐揚げ――どれも、どこの居酒屋にでもあるような何気ないメニューなのに、本当に、へえ、と声を上げてしまうほど美《お》味《い》しい。

過去にもこの男と同じような時間を過ごしてきたことが思い出された。あの頃も、よく瀬部さんは美味しいお店に連れて行ってくれた。

瀬部さんと別れてからも、記憶の中にある味を再現しようと取り組んだ料理がいくつもある。

「これは何が効いているんだろう」とひとりごちると、「お、料理研究家だ」とからかわれた。

その小馬鹿にした響きにムッとした途端、

「それにしても、君がこんなふうにサイン会までするようになるとはなあ」

と続けられて、それだけで簡単に矛《ほこ》を収める自分の単純さに呆れてしまう。

「驚きましたか」

「驚いた」

瀬部さんは真っ直ぐにうなずき、サイン会で見せたのと同じ微笑を向けてきた。思わず目を伏せると、頭の上に乾いた手のひらを載せられる。

「頑張ったんだな」

その瞬間、身体の奥底に沈めていたものがぽこりと浮かんでくるのを感じた。

あれから、もう九年経ったはずだった。

時間をかけて少しずつ抉《えぐ》られた肉を回復させ、今の夫と出会って結婚し、あの頃とは違う人間になれたはずだった。

だけど結局、自分は、この人と会っても揺らがない、一方的に振り回されることなどない大人に。

私はずっと、いつかは瀬部さんと再会することになるかもしれないと思ってきた。

なぜなら、瀬部さんの会社では、私が書いているような料理本を数多く出しているからだ。

映画配給会社に勤める傍《かたわ》ら、趣味で書いていた料理ブログが話題になって書籍化され、それがベストセラーになると、いくつもの出版社から依頼が来るようになった。このまま実績を積んで行けば、瀬部さんの会社からも連絡が来るだろうというのは、他の編集者からも言われたことで、そうなったら困るな、と思ってきたのだった。

さすがに瀬部さんは来ないだろうけれど、同じ会社の人と仕事をすることになったら、編集部に打ち合わせに行くこともあるはずだ。編集部のフロアは一つだし、瀬部さんと顔を合わせることもあるかもしれない——そう、不安に思っているつもりだったのに、どこかでそれを心待ちにしていたのだと思い知らされる。

むしろ、それを目標にしながら、これまで頑張ってきたのだと。

「今日の本、部数どのくらい出てるの?」

瀬部さんは、煙草に火をつけながら訊いてきた。

そのまま収入に繋がるような、不躾《ぶしつけ》に踏み込んだ質問なのに、彼が訊くと下品な感じがしない。

「初版が五万部で、三日前に一万部の重版が決まったところ」

「おーさすが」

瀬部さんは上体をのけぞらせて天井に向かって煙を吐いた。

「ぶっちゃけ、年収どんくらい？」

「まあ、年によって違いますけど、二千万くらいは」

つい最高額を答えてしまう。

「ベストセラー作家じゃないですか」

「いつまで続くかわからないですけど」

「続きますよ、あなたは」

そう確信に満ちた口調で言われて、強いお酒を一気に飲んだときみたいに身体の内側が熱くなる。

「瀬部さんに言われると、本当にそんな気がしてくるかも」

「そうだよ、大丈夫」

私は口元が緩《ゆる》むのを感じた。店員に合図をしてハイボールを頼み、あおってから、ねえ、と切り出す。

「どうして仕事辞めたんですか？」

「いろいろあってさ」

先ほどと同じかわし方に、説明する気がないんだろうかと落胆したところで、瀬部さんは「他にやりたいことができただけだよ」と続けた。

「やりたいこと？」

「五年前だったかな、仏師《ぶっし》と仕事をしたことがあったんだけど」

「ぶっし？」

「仏師。仏像を作る人」

ほんの一瞬、瀬部さんの目に侮《あなど》るような色が浮かび、けれど、それは私でなければ気づかないくらいの速さで和《やわ》らぐ。

「編集の仕事も楽しかったんだけどさ、三十も半ばを過ぎて、一度きりの人生これでいいのかなと思っていた頃に、今の師匠と出会って、これだと思っちゃったんだよな」

瀬部さんの話でなければ、いい歳して何を、と鼻白んでいたことだろう。だけど、子どものように目を輝かせた彼は、ひどく魅力的に見えたし、この人らしいという気もした。

あの頃も瀬部さんは、仕事相手に対してこんな表情を向けていた。

心の底から目の前の相手に興味を持ち、混じり気のない敬意を抱いているというような。

何度か、テープ起こしを担当するために、瀬部さんの取材に同席したことがあるけれど、彼はいつも、驚くほど丁寧《ていねい》に、相手のことを調べていた。相手が本を出している人ならばそれをすべて読み、様々なインタビューにも目を通し、相手のこだわりや問題意識を言い当ててみせた。

どれだけ気難しそうな人でも、みるみるうちに瀬部さんに心をつかまれていく。その滑《なめ》らかさに恐怖さえ感じたのを覚えている。

瀬部さんは、仏師という仕事の魅力について語った。まるで一冊の本のように、練り上げられた言葉が積み上がっていく。けれど私の脳裏には、それで食べていけるんだろうかという疑問が浮かんでしまう。

どう考えても、編集者だった頃ほど稼げているはずがない。それでもいいと、奥さんは許したんだろうか。

口元まで込み上げた言葉を口にしなかったのは、また侮るような色を浮かべられたくないからだった。あの頃の、瀬部さんの取材の仕方を思い出しながら、それをなぞるようにうなずき、質問を挟み、身を乗り出してみせる。

話がようやく気になっていた部分に差しかかったのは、三十分ほどしてからだった。

「まあ、金にはならないけど、自分一人が食っていくだけなら何とでもなるし」

え、という声が喉《のど》の奥で強張《こわば》る。

その言葉を、どう捉えればいいのかわからなかった。

「それって……」

「ああ、別れたんだよ」

瀬部さんは何でもないことのように言った。

——別れた？

私は、瀬部さんの左手の薬指に目を向けた。どうせ、あの頃も結婚指輪はしていなかったのだから、そんなところを確認しても意味がないのに。

「まあ、金の切れ目が縁の切れ目ってやつですよ」

ふざけた声音で言われた瞬間、頬がカッと熱くなる。

そんな慣用句で言い表せてしまうような女と、自分はあの頃、張り合っていたというのか。

「ちょっと、ひどい話していい？」

瀬部さんは、まるでこれまでの話はひどくなかったかのように言った。

「こんなことなら、あの頃に別れておけばよかった」

私は席を立った。

「帰る」

鞄に手を伸ばしたところで、手首をつかまれる。

その予想外の熱さと手のひらの皮膚の硬さに、肌が痺れた。

「ごめん、この話は止めるよ」

「違う」

自分の声が、幼い駄々っ子のように拙《つたな》く響く。

「そうじゃない」

「今は、みーこの方が既婚者だもんな」

かつての呼び名に、一気に感覚が引き戻された。まるで、かわいがっている猫を呼ぶような
——実際、瀬部さんが子どもの頃に飼っていた猫の名前がみーこだった。

「それに、みーこだって、こんな金がないやつは嫌だろ」

瀬部さんが、自嘲《じちよう》気味に言って、手を離す。手首から離れていく熱に、そんなこと、と言い返しかけて、口をつぐんだ。

私は何を言おうとしているんだろう。

これじゃまるで――

瀬部さんが、じっと私を見た。

言葉の続きを待つように、私の中の揺れを見極めようとするように――

「じゃあさ」

瀬部さんの手が、今度は私の指先をつかんだ。

薄い唇が開き、囁《ささや》くような声が漏れる。

「お金、貸してくれない？」

一瞬、何を言われたのかわからなかった。

目の前の男は、それまでと少しも変わらない顔をしている。

恥じらうでも、屈辱を感じるふうでも、そうした感情をごまかすために道化《どうけ》るわけでもなく、まるで口説くような口調で「絶対に返すよ」と続ける。

「あてはあるんだ。来月から始まる仕事に参加させてもらえることになっているから、そこで金が出る。三十万あればいいから」

「ちょっと待って」

私は慌《あわ》てて話を止めた。

「今は収入がないの？」

「いや、他でバイトもしているからゼロではない」

「何のバイト？」

「清掃会社だよ。マンションとか、オフィスビルの掃除」

瀬部さんと清掃という言葉がまったく繋がらなかった。制服を着て、黙々と汚れを落とし、ゴミを集める――見る影もない、という言葉を使ってしまうのはひどいとわかっていても、そう思わずにはいられない。

何だ、と力が抜けていくのがわかった。

どうしていきなり私のサイン会になんて来たのかと思ったけれど、お金が目当てだったのか。口説かれるのかと考えていた自分が恥ずかしくなって、顔に血が上り、代わりに身体から熱が引いていく。

そうして眺めてみると、目の前の男は惨《みじ》めに見えた。

四十を過ぎて、奥さんに逃げられ、掃除のおじさんとして働きながら夢を追い、でもまだ何者でもない。

ふいに、喜びに似た暗い感情が込み上げてくるのを感じた。

三十万円なら、簡単に出せる額ではないけれど、自分の稼ぎの中から工面《くめん》できないわけでもない。

こんなふうに、一回りも年下の昔の恋人にお金を借りに来なければならないほど落ちぶれた男に、あっさりと三十万円を渡す。

——私には、それができる。

身体の内側から力が湧いてくるのを感じて、私は、自分がずっとこの男を憎んでいたのだと自覚する。

私は、この男を見返してやりたかったのだ。

あなたが軽んじ、踏みにじった小娘は、いつの間にかあなたよりも高い場所まで上っていたのだと。

「いいよ」

私の答えに、瀬部さんの目の中の光が揺れた。

私は、口元を緩ませる。

「ここを出たら、コンビニで下ろしてあげる」

「助かるよ、借用書は作るから——」

「いいよ、そんなの」

私は瀬部さんの手の下から、手を引き抜いた。

「絶対に返してくれるんでしょう?」

本当のところ、返ってこなくてもいいと思っていた。そう思えたから、貸すことにしたのだ。

呪《のろ》いとの手切れ金だと考えれば安いものだと思った。

これでもう、私は過去を引きずらないで済む。

だが、瀬部さんは「そういうわけにはいかないよ」と生真面目《きまじめ》な口調で言って、鞄からクリアファイルを取り出した。中からA4サイズの紙を引っ張り出し、三十万円を借りるということ、ひと月以内に返すということ、今日の日付と名前を書く。

慣れた手つきに、借金をするのはこれが初めてではないのだろうなと思った。もしかしたら、私以外の元恋人にも借りたことがあったのかもしれない。

――だとしたら、きっとお金は返ってこないのだろう。

そして、もう二度と、この男と会うこともない。

促《うなが》されるままに署名をし、紙とペンを渡して席を立った。

私が会計をして店を出ると、瀬部さんは特に卑屈さも感じさせない口調で「ごちそうさま」と言ってついてくる。

まるでそうするのが当然のような顔をしている男を、私は逆に見直してもいた。

いくらお金に困ったからと言って、九年も前に別れた年下の女のところにまで金を借りに来るなんて、普通の男ならばプライドが許さないだろう。そうした意味では、やはり瀬部さんは普通ではなかったということになる。

私がコンビニでお金を下ろす間の立ち姿も、現金を受け取って鞄に無造作に突っ込む仕草も、すべてが何かのお手本のように自然で、だから私は、気づかなかった。

本来、貸す側が保管するはずの借用書を、彼が持って帰ったということに。

半月ほど経って瀬部さんから連絡が来たとき、私は心底驚いた。

——まさか、本当に返すつもりがあったなんて。

また会うことに躊躇いがなかったと言えば嘘になるけれど、彼が自分との思い出を完全には壊すつもりがなかったことは嬉しかった。

むしろ、お金の貸し借りが挟まって一度気持ちが冷めたことで、元恋人同士という微妙な関係ではなくなったのかもしれないと思うと、会うのが少し楽しみにすらなった。

瀬部さんには、あの頃の未熟で、弱くて、何もできなかった自分を知られている。そう考えれば、他の人よりも根本のところで気安い友人という関係性を築けるかもしれない。

そもそも、昔つき合っていたことなんて、言わなければわからないのだ。元々が不倫だったから、周りに関係を明かしたこともなかった。誰かに何か訊かれたら、元編集者の知り合いに仕事の相談に乗ってもらっているのだと説明すればいい。

それでも何となく自宅の近くで会う気にはなれなくて、先日と同じ店で待ち合わせることになった。

この日も、瀬部さんは既に席について飲んでいた。

お疲れ、と先日と同じように言われて、私も同じように隣に座る。

ジントニックで乾杯をして一気に半分ほど飲むと、心地よい開放感が全身を満たした。

「今日は、旦那さんには何て言って出てきたの」

「別に、打ち合わせだとだけ」

そう答えながら、不思議な気持ちになる。

あの頃は、こんなふうに答えるのは瀬部さんの側だった。今日、奥さんは。大丈夫、仕事だと思ってるから。

そう、何でもないことのように答えられると、ほっとしながらも複雑な気持ちになったのを覚えている。この人は、きっとこんなふうに私にもたくさんの嘘をついているのだろう。適当に、その場その場で思いついた言葉を口にして、矛盾をきたしたらそれはそれで仕方ないと思っているのだろうと。

「旦那さんって、どんな人」

瀬部さんは、どこか面白がるように言った。

「どうって……」

私は答えに詰まる。

あの頃、瀬部さんは奥さんについてどんなふうに語っていたか。

『あの人は料理が上手いからね』――ふいに、誇らしげな声音が蘇って、そうだ、と思い出した。瀬部さんは、いつも奥さんを褒《ほ》めていた。

この店のも旨いけど、あの人が作る炒飯もなかなかのものなんだよ、パラパラッとしてて味加減も良くてさ――他の話題と何ら変わらない、むしろより饒舌《じょうぜつ》なほどの口調で言う瀬部さんに、だったらどうして、と思ったのは一度や二度ではない。

けれど、では奥さんのことを悪く言ってほしいのかと言えば、それも違うのだった。奥さんとの関係が冷えきっていて、家にいるのが苦痛でたまらなくて、現実から逃げるために不倫をしていたのだとしたら、私はあそこまで彼にのめり込むことはなかっただろう。

「夫は、優しい人です」

私は答えながら、英作文みたいだなと思った。マイ　ハズバンド　イズ　カインド。語彙《ごい》力がないせいで大事なことを伝えきれていないような、片言の言葉。

「私が作った料理は、いつでも美味しいって食べてくれるし、何も言わなくても朝になると家中のゴミ箱からゴミを集めて捨てに行ってくれるし」

女友達との間で話せば、えーいいなー羨《うらや》ましい、と言ってもらえるエピソードだった。

だけど、瀬部さんは反応しない。

私は焦りを感じながら、グラスの中の溶けて丸くなった氷を見つめた。夫の顔を思い浮かべ、あの人は、とつぶやいた言葉に引きずられるようにして「腐《くさ》ったもの」と続ける。

「腐ったもの？」

「あの人は、冷蔵庫の中に腐ったものを見つけると、それを捨ててくれるんです」

口にしてから、これではやはり何も伝わらないと思う。

「えっと、私は仕事柄、食材を買いすぎてしまうことがあって、でもそれを腐らせてしまうとすごく悲しくなるんです。どうしてちゃんと美味しいうちに使えなかったんだろうって、申し訳なくなって」

うん、と瀬部さんは促すようにうなずいた。

「だから、もうこれは食べられないってわかってからも、なかなか捨てられないんです。何とかならないかって、どうしても考えてしまって……まあ、何ともなるわけがないんだけど」

言いながら、自分でも面倒くさい性格だなと思う。

「夫はそれを知っているから、私が知らないところで捨てて、で、私には食べちゃったって言ってくれるの」

瀬部さんが、微かに眉を上げた。

「本当は捨てたのに？」

「そう」

本当は捨てたのに、夫は決してそうは言わない。

そして、私も、本当は捨てたのだとわかっているのに、夫が食べたと言っているんだから食べてくれたのだ、と思う。そういうことにする。

なるほど、と瀬部さんが相槌を打った。

「それは、優しいね」

その言葉に、自分でも驚くほどに満たされるのを感じる。

瀬部さんもあの頃こういう気持ちだったんだろうか、と思うと、当時の嫉妬や劣等感や屈辱までもが癒やされていくような気がした。

ほぐれた気持ちのまま、共通の知人の近況について話し、前回とはまた別の料理を食べ、前回よりもハイペースでお酒を飲む。

テーブルに肘《ひじ》をつくと、膝頭《ひざがしら》同士が触れた。瀬部さんも私も、そのまま離さない。

「これ、似合ってる」

瀬部さんが私のピアスに手を伸ばした。耳たぶをかすめた指の熱さにぞくりとする。

「ありがとう、気に入ってるの」

「うん、何か色っぽい」

瀬部さんが、すっと引いた手でグラスをつかんだ。私も、お酒を口に含む。

トイレに立ったら、予想外にお酒が回っていて、少し飲みすぎたなと反省した。いくらもうそういう関係ではないとは言え、さすがに二人で飲んでいて潰《つぶ》れるわけにはいかない。

時計を確認すると二十三時を回ったところで、席に戻ったら切り出そうと考えた。

何となく自分からは言いづらくて、普通に飲みに来たような空気になっていたけれど、元々今日はお金を返してもらうために来たのだ。

私は店員からよく冷えたおしぼりを受け取って指先を拭くと、そう言えば、と口を開いた。

「例の、今月から始まるって言っていた仕事はどんな感じ?」

できるだけ、ただの世間話として響くように気をつけたつもりだったけれど、瀬部さんも意味はわかったのか、あー、と声を出して座り直した。

「あれだよね? お金」

「あ、うん」

直截的《ちよくせつ》に言われて、視線が泳ぐ。

「ごめんね、何か催促するみたいで」

瀬部さんが上体をねじって鞄の口を開けたので、私も居住《いず》まいを正した。

けれど、瀬部さんが取り出したのは、あのクリアファイルだった。

「悪いんだけどさ、あと二十万貸してくれない？」

「は？」

声が裏返った。

――あと二十万？

この人は、何を言っているのか。

「……こないだのも返してもらってないけど」

「始まる予定だった仕事がなくなったんだよ」

瀬部さんは、それで説明すべきことは全部言ったというかのように、口を閉じる。

顔の筋肉から力が抜けていくのを感じた。

「……自分が、何を言っているかわかってる？」

「みーこ」

瀬部さんが、馴《な》れ馴れしく呼びながら上体を寄せてきた。私は座り直して距離を保つ。

「その呼び方、やめてください」

「何で？」

瀬部さんは、本当に不思議そうに首を傾《かし》げた。

「何でって……だって、もうそういう関係じゃないのに、おかしいでしょう」

「じゃあ何て呼べばいいの？　荒井《あらい》さん？」

「今は市川《いちかわ》です」

こんな会話をしていること自体が不毛な気がして突き放す声音で言うと、瀬部さんは口元を緩めながら、市川さんかあ、と口の中で名前を転がす。

その粘ついた響きに耐えられなくなって、私は鞄を手に立ち上がった。

「待ってよ市川さん」

「帰ります」

「あのさあ！」

突然大きな声を出されて、咄嗟に身をすくませた途端、腕をつかまれた。

「旦那さんには、三十万のこと何て言ってあるの？」

瀬部さんは、椅子に座ったまま、私を見上げて言った。

「どうせ話してないんだろ？　今日だって、打ち合わせだなんて嘘ついて来てるくらいだし」

――この人は。

「奥さんが自分に内緒で元彼に三十万も貸したって知ったら、旦那さん、どう思うかなあ」

――この人は、誰だろう。

「普通は、何かあると思うよね」

「何かって……何も」

声がかすれてしまう。どうしてこんな――

「信じてくれるかなあ」

男は、ニヤニヤと笑いながら頬杖をついた。

「まあ、俺だったら信じないけど」

――まさか、脅《おど》されている？

意味がわからなかった。

なぜ、いきなりこんな話になるのか。

お金を貸したのは、私の方だ。

踏み倒そうとしているのは、この男の方。

もし脅されることがあるとしたら、この男のはずなのに――どうして、お金を貸した私が脅されなければならないのか。

「二十万が厳しいなら、十万でもいいよ」

男は、譲歩してあげるとでも言うかのように肩をすくめた。

身体が、内側から震えてくる。

「馬鹿なこと言わないで。払うわけがないじゃない」

「料理研究家の荒井美紀子《みきこ》が不倫」

瀬部さんは、無表情で何かを読み上げるように言った。

「仕事的にも、かなりマイナスイメージになると思うけど」

「やめて」

咄嗟に言ってしまってから、こんな反応をしたらこの男の思うつぼだと気づいた。だけど、だったらどうすればいいのか。

男が、私の腕を促すように下に引く。

そのまま席に座り直してしまい、男に見下ろされる形になった。

「大丈夫、これで最後にするから」


自分が何に巻き込まれてしまったのかわからなかった。

ただ、選択を間違えたのだということだけはわかる。

私は、この男に関わるべきじゃなかった。

こんな男に——だけど、いつから、こんな人になってしまったのか。

それとも、本当は元々こういう側面を持っていたのだろうか。

自分がどうやって店を出たのか、電車に乗ったのかも思い出せず、気づけば、マンションの前にいた。

カードキーでオートロックを解除し、重い脚を引きずるようにしてエントランスに進んでいく。

――どうすれば。

その言葉だけが、頭の中を回っていた。

四十万円という額が、取り返しがつかないものに思えた。

私の貯金から出したものだし、少し仕事を増やせば埋められない額ではない。けれど、たしかにあの人の言う通り、何でもない相手にポンと貸せる額でもない。

両手を見下ろすと、指先が震えていた。

――もし、これで最後じゃなかったら。

男からすれば、こんないい金づるを逃す手はないだろう。だけど、あまり追い詰めたら、私はどうしようもなくなって夫に相談するしかなくなる。

――夫に話してしまえば。

私はハッとエレベータのボタンを見上げた。

そうだ、自分から説明してしまえばいいのだ。サイン会に突然昔の恋人が現れたこと、誘われて二人で飲みに行ってしまったこと――いや、二人ではなかったことにすればどうだろう。元編集者なのだから、私の担当編集者とも知り合いで、一緒に打ち上げをしようという話になったことにして――

〈行き先ボタンを押してください〉

ふいに頭上から聞こえた機械音声に、びくりと肩が揺れる。

慌てて二十七階を押すと、唸《うな》るような音と共に床が浮き上がる感覚がした。

担当編集者は、その人が私の昔の恋人だとは知らずに誘ってしまった。仕方なく三人で打ち上げに行ったら、担当編集者が席を外した隙《すき》に、お金を貸してもらえないかと頼まれた。つい貸してしまって――

ドアが開いた。

――ダメだ。

つい貸してしまった、という説明なんかじゃ弱い。

エレベータを降り、すぐ目の前にある、市川という表札をじっと見つめる。

なぜ貸してしまったのか、そこの説得力が必要だ。夫も納得するような――実際のところ、私はどうして貸してしまったりしたのか。

よりを戻したいという思いがあるわけでは、決してなかった。

ただ、自分はもう、あの頃の小娘ではないのだと思い知らせてやりたかった。奥さんがお金のことで逃げたのなら、私はあっさり貸してみせようと――そこまで考えて、あのタイミングで離婚の話をしたのも彼の狙《ねら》いだったのだと悟る。

私は、玄関ドアにかかった、ミモザを編み込んだ手作りリースに手を伸ばした。

鮮やかな黄色の小花が瑞々《みずみず》しく、単調にならないようにと交ぜ込んだグニユーカリのシルバーグリーン、ヘデラベリーの黒も効いている。

――見栄《みえ》を張ろうとしたの、と言ってみる。

浮かんだ考えは、良いアイデアに思えた。

ああ、そうだ。そんなふうに自分が馬鹿だったのだという話し方をすれば、男女として何かあったわけではないと思ってもらえるんじゃないか。

すごく落ちぶれていて、惨《みじ》めなもんだったのよ。だって、一回りも年下の元恋人にお金を借りに来るなんて、終わってるでしょう?

男をこき下ろし、魅力なんて少しも感じていないのだと伝える。

鍵を開け、ただいま、とつぶやく程度の声を出しながら中に入った。

リビングのドアから光が漏れているのが見えて、どきりとする。

パンプスから足を引き抜いて床に下ろすと、ストッキング越しの冷たい床の感触が柔らかく思えた。むにゅむにゅと、巨大なグミの上を歩いているような感覚が落ち着かない。

洗面所で手洗いうがいをしてから、意を決してリビングに入った。下腹部に力を込め、ただいま、と改めて言ったところで、動きを止める。

夫は、テレビのリモコンを手にしたまま眠っていた。

ソファに座るのではなく、なぜかソファの前の床に直《じか》に座ってソファの座面にもたれかかるようにして寝息を立てている。

テレビ画面には、何週間か前に録画した金曜ロードショーが流れていた。

詰めていた息を吐き、夫の傍《かたわ》らに膝をつく。

「ねえ、ベッドに行ったら」

そっと肩の辺りを叩くと、夫は眉をひそめて身をかばうように寝返りを打ち、ソファから完全に離れて床に丸まった。

そのまま再び寝息を立て始めてしまう。

「こんなところだと風邪ひいちゃうよ。とりあえず移動だけしたら？」

もう一度軽く揺さぶったが、いい、という短い答えだけが返ってきた。

私は立ち上がって夫を見下ろし、息を吐いてから寝室に布団を取りに行く。

このところ、夫はこうして何かをしたままリビングで眠ってしまうことが増えた。疲れているのだろう、と思う。仕事の話はほとんどしない人だからよくわからないけれど、最近明らかに残業も増えているし、夜にお風呂に入りそびれたまま眠ってしまって朝に入ることもたびたびあった。

抱えてきた布団を、そっと夫の上にかけ、少し考えて枕も取りに行く。リビングに戻ってくると、夫は布団を自分の中に取り込もうとするように抱えていた。

膝をつき、重たい頭を何とか持ち上げる。髪の間に差し入れた指先に湿った熱が触れ、身体の中心に残っていた微かな疼《うず》きが蘇った。

そう言えば、このところ夫とは肌を合わせていない。耳たぶをかすめた指の感触がよぎり、慌てて枕を床との間に滑り込ませる。

キッチンへ移動し、冷蔵庫から鶏《とり》むね肉とネギと生姜《しょうが》を取り出した。エプロンをかけ、できるだけ音を立てないように気をつけながら調理していく。包丁から伝わってくる規則的なリズムに、少しずつ気持ちが落ち着いてくる。

とりあえず夫に話すのはやめよう、と思った。

上手く話せたとしても、信じてくれるかはわからない。たとえ、信じようと思ってくれたとしても、疑念は残るはずだ。

ほんの少しでも疑い始めてしまったら——何も知らない頃には戻れない。あんな男のことを話題にして、今の幸せが崩れてしまったら馬鹿みたいだ。

結局のところ、今話すのは、自分が楽になりたいだけなのだという気がした。夫に話して理解してもらえれば、もうあの人に怯《おび》えることもなくなる。

だけど、考えてみれば、あの人が本当に夫に話したりするわけがないのだ。

バラしてしまえば、私を脅すこともできなくなってしまうし、そもそも不倫相手だなんて自称して夫の前に現れたら、慰謝料を請求されるのは彼の方なのだから。

私は、鶏の脂《あぶら》でぬめった指を水で洗い流しながら、詰めていた息を吐いた。


ちょっとレフ板傾けて、そう、美紀子さん、もう少し左手の指を曲げられますか、はい、オッケーです——カメラマンの声に、強張っていた全身から力が抜ける。

「わあ、素敵！」

先にパソコンを覗《のぞ》き込んだ編集者が、はしゃぐ声を上げた。

私は動いていいものか迷ったが、カメラマンが画面を向けてきたので、皿をテーブルに置いて首を伸ばす。

「ね、素敵でしょう？」

編集者に言われて、ほんと、と声を上げなければならないと思うのに、上手く声が出なかった。

――これが、私？

写真に写し出された女は、ひどく胡散臭《うさんくさ》い、空虚なおばさんに見えた。

ナチュラルでセンスがある壁紙や、おしゃれなヘアターバンのように見える三角巾、こなれているのに清潔感があるエプロンや味のある和食器に抜群に映える煮物は、表紙に使われる素材として申し分ない。どれも、一つ一つ時間をかけて、自分の感性に耳をすませながら集めてきたものだった。

けれど、引きつった笑顔が、それらすべてを台なしにしてしまっている。

「何か、気になるところがありますか？」

何もコメントをしない私に不安を覚えたのか、カメラマンがうかがうような声音で訊いてきた。

「いいえ、気になるってわけでもないんだけど」

私は反射的に否定しながら、ずれた気がするターバンを直す。

「あ、髪の感じですか？」

カメラマンはすかさず写真に向き直った。

「たしかにちょっと左の毛先がはねてしまっていますね。撮り直しましょうか」

「というか」

慌てて声を挟んだせいで、妙に強い声音になってしまう。

沈黙が落ち、部屋の空気が張り詰めた。

私はさらに慌てて写真を見るふりをする。

「今回は私の顔はなしで、料理のアップを使うっていうのはどうかしら」

「え？」

カメラマンと編集者の声が重なった。

「少し前から思っていたの」

私はおかしな空気を振り払うために、声のトーンを上げる。

「ほら、私の本って、これまでどれも私が料理を手にしている構図だったでしょう？　そろそろ変化をつけたいっていうか」

「ああ、なるほど」

カメラマンが、意図を理解できたことにホッとしたような声を出した。

だが、編集者は「おっしゃることはよくわかります」とうなずきつつ、これから否定していくぞという構えを見せる。

案の定、ただ、という言葉が続いた。

「料理の写真だけだと、それこそ他の本と同じになってしまって埋もれちゃうと思うんですよ。美紀子さんの場合、ただの料理本ではなくて、荒井美紀子の本なんだっていうのがひと目でわかるのが大事なんです」

「それはわかるんだけど……」

「読者は、もはや荒井美紀子っていうブランドで本を買ってるんですよ。レシピだけじゃなくて、お部屋の作り方とか、お金の使い方とか、そういう生き方自体に憧れて――」

編集者の滑らかな声がくぐもっていくのを感じる。

生き方自体？　私の？

あまりの皮肉さに、口元が歪《ゆが》んでしまう。

あれから、あの男からは何度も連絡が来ていた。

今、暇？――そんなふうに唐突に、ただの思いつきのような勢いで寄越される文面に、余計なことは書かれていなかった。

ただ単に、都合だけを訊いてくる。お金のことについては何も触れず、会おうと言ってくるわけでもない。

それでも、意図ははっきりしていた。

私は、メールの受信画面に彼の名前が表示されるだけで動転し、泣きたくなるのをこらえながら無視をする。

もう応《こた》えてはならないのだとわかっていた。相手にすれば、余計につけ上がる。こいつにはもう脅しは通用しないのだと、あきらめさせなければならない。

いっそ脅す文面を送ってくれれば夫に相談できるのに、と思ったけれど、だからこそ、彼がそんな悪手《あくしゅ》を選ぶわけがなかった。

「気になるところがあるようでしたら、いくらでも撮り直します」

カメラマンが身を乗り出してカメラを構え直した。

「今度はちょっと角度を変えて撮ってみましょうか」

「自由に料理をしているところを撮った方が、変化もつけられるし動きも出るんじゃない？」

「でもキッチンだと、ちょっと生活感が出てしまうかも……」

「じゃあ、テーブルの上で盛り付けをしているところは？」

「あ、それはいいですね」

自分以外の二人が盛り上がっていくのを、私は、ただぼんやりと見ていることしかできない。


カメラマンと編集者を笑顔で見送り玄関ドアを閉めると、どっと疲れが押し寄せてきた。

足を引きずるようにしてリビングへ戻り、ソファに倒れ込む。途端にこらえがたい睡魔が押し寄せてきた。

ああ、眠い。だけど、まずは着替えないと。髪もほどいて、メイクも落として――

ピンポーン、という間延びした音に、飛び起きる。

慌てて乱れた髪を整え、インターホンを繋いだ瞬間、ふと、たった今鳴った音が、マンション入口のオートロックを解除するためのチャイムではなく、玄関からのものであることに気づいた。

――忘れ物でもしたのだろうか。

部屋の中を振り向いたところで、掛け時計が視界に入る。

――二時間も、経っている。

時計の針は、十七時半をさしていた。一瞬だけ目を閉じたつもりが、そのまま寝てしまっていたのか――だったら、このチャイムは誰が。

唾《つば》を飲んで、インターホンの画面を見つめた。だが、玄関には訪問者を確認するカメラはついていない。

「……はい」

迷いながらも、繋げてしまったからには居留守を使うことはできないと、小さめの声で答えた。

『俺だけど』

どん、と心臓が大きく跳ねる。

――どうして。

『開けてよ』

「何で……ここに」

『俺はこのまま話しててもいいけど』

その言葉に、玄関へ駆け出していた。

こんなところを誰かに見られたら――

鍵を開けると、ドアノブを押すよりも早くドアが引き開かれる。

「久しぶり」

男は、つい先日、九年ぶりに再会したときと変わらない口調で言って微笑んだ。

私は男の背後を確認しながら腕を引き、ドアを閉める。

「何で」

「何でって何が？」

当然のように訊き返されて、視線が泳いだ。

「何で……ここに」

訊きたいことはそれだけではないはずなのに、口をついて出たのはそれだけだった。

「だって、おまえ、無視するじゃん」

的外れで妙に子どもじみた口調に、ゾッとする。

「だからって……というか、どうやってここが」

私は、住所なんか教えていない。仕事上でも非公開にしているし、もし担当編集者に現役の編集者のふりをして聞いたとしても、私に確認もせず勝手に教えてしまうことはないはずだ。

男は答えず、靴を脱いで廊下に上がった。

「上がらないで」

咄嗟に引き止めるが、構わずリビングへと向かっていく。

「へえ、綺麗にしてるじゃん」

男は部屋を見回しながら面白がるように言った。

「すごい、料理研究家の家って感じ」

「帰ってください」

私は声を張り上げた。

「いきなり家に来るなんて非常識でしょう」

「仕方ないだろ、連絡がつかなかったんだから」

「返事ならするから早く帰って」

懇願する口調になってしまい、余計に焦りが募る。もし、ここに夫が帰ってきたら——

「今返事してよ」

男の言葉に顔を上げると、男は柔らかく細めた目で私を見下ろしていた。私は一歩後ずさる。

「返事って……何の」

「今、暇？」

私はもう一歩後ずさる。

「……暇じゃないです」

この人は、何なんだろう。

「そっか」

男はうなずきながら、一歩近づいてきた。また私が後ずさり、キッチンカウンターの角に腰が当たる。

「あ」

バランスを崩してふらついた瞬間、ぐい、と腕を引かれて腰を抱かれた。

熱い手のひらの感触に、反射的に身体が反応してしまい、そんな自分が心底嫌になる。

怖い、と思い、気持ち悪い、と思う。

本当に帰ってほしいし、二度と関わりたくない。

なのに、身体が、この男の手つきを覚えている。

あの頃、溺《おぼ》れるようにしてしがみついた手が、自分にどんな快感を与えたのかを。

「触らないで」

腕を振り払って言うと、声が震えた。

「お金ならもう払えない。夫に言いたければ言えばいい。だから早く帰って」

もっと早くこうするべきだったのだと思った。あのとき——あの、最初に脅されたときに。

はっきりと突っぱねて、本当に夫にバラされてしまったら、頭がおかしい人なんだとでも言えばよかったのだ。サイン会に来た、ただのファンなんだけど、勝手に私とつき合ってるなんて妄《もう》想《そう》を抱いているみたいなの。ストーカーかもしれない。そう相談してしまえば、それで済んだのではないか。

「へえ」

男は、面白がるように目を細めた。

「旦那さんに言っていいんだ」

「私は何も疚《やま》しいことなんかしてないし、あなたがおかしい人なんだって説明したら、彼は信じてくれる」

「借用書があっても？」

「それは……」

視線が泳いだ。

「みーこが書いたんだよ」

男は、説き伏せるような声音で言う。

「その呼び方をしないでって言ってるじゃない！」

「旦那さんは信じないよ」

男は、よく響く声で断言した。

「たとえ表面上は信じたふりをしても、内心では疑い続ける。それは、一生消えることがない」

まるでお告げのような口調に、目の前の景色が遠ざかる。

「そんな……だって、何もしてないのに」

「何もしてないのに浮気だと思われるのが納得できないの？」

男が、私の手をつかんだ。

「じゃあ、何かしてあげようか？」

手のひらを指先でくすぐるように撫で上げられて、全身の肌が粟立《あわだ》つ。

私は男を突き飛ばし、自分を搔《か》き抱いた。

「ふざけないで」

声がかすれてしまう。

最低だ、と思った。何なのこれは。ありえない。何でこんな――

「帰って」

吐き出すように言った。

「今すぐ帰らないと、警察を呼ぶから」

「呼べば？」

男はまったく動じるそぶりを見せない。

「私がそうしないと思ってるの？」

「いや」

男は首は振らずに言葉だけで否定した。

「君は呼ぶかもしれない。だけど、呼んだ後で気づくはずだ。ここに警察を呼んで、俺を捕まえさせようとしたら、近所の人が何事かと思って出てくるはずだって」

男の声は、穏やかだった。

「そしたら俺は、つき合っているんだって言うよ」

柔らかく、歌うような声音で言う。

「君がどう反論しようと、家に上げていた時点で、警察も近所の人も俺の言葉を信じるだろう。何だ痴話喧嘩か――警察はそう思って帰るだろうし、近所の人は、君が不倫をしているんだと考える」

「やめて」

咄嗟に遮《さえぎ》ってから、これじゃあダメだとかすんだ頭で考えた。弱みを見せてはならない。毅然《きぜん》としていなければならない。そう考えながら、「わかったから」と唇から声が絞り出される。

「お金なら、払うから」

このままじゃ夫が帰ってきてしまう。私がこの男を家に上げていたんだと——よりによって自宅で不倫をしていたんだと、思われてしまう。

「ありがとう」

男は、本当に愛おしそうに、目を細めた。

こんな表情には、何の意味も価値もなかったのだと思い知らされる。

ぐらぐらと視界が揺れるのを感じながらソファへ向かい、鞄から財布を取り出そうとしたところで、スマートフォンの画面が光っているのに気づいた。

目が何気なくその上へ向き、次の瞬間、息を呑む。

〈帰ります〉

夫からの連絡は、今から一時間ほど前に来ていた。

夫の会社から自宅まで約一時間。

——もう、いつ帰ってきてもおかしくない。

私は男に駆け寄り、財布の中にあった一万円札をすべて押しつけて廊下まで戻らせた。

「夫が帰ってくるの。早く出て行って、こんなところを見られたらあなただって私を脅せなくなるでしょう、後でちゃんと話すからとにかく今は——」

外からエレベータのドアが開く音がしたのはそのときだった。

――まずい。

全身の血の気が引く。

私は男の腕を強く引いた。

「帰ってきた」

それだけを短く言って、私の部屋に駆け込み、クローゼットに男を押し込む。

「お願い絶対に声も音も出さないで」

一方的に言いつけて扉を閉めるのと、玄関から鍵を回す音が響くのが同時だった。

廊下へ飛び出して自室のドアを閉めた途端、鍵がかかってしまったドアが揺さぶられる音がして、再び鍵を回す音が続く。

――そうだ、鍵をかけていなかった。

玄関へ行きかけて、今日に限って出迎えるのも変だと慌てて身体を反転させる。リビングに入ると、廊下から足音が聞こえてきた。

「あ、おかえりなさーい」

上ずらないよう、声を張り上げて語尾を伸ばす。

「お疲れ様、今日は早かったね」

顔を合わせたら異常に気づかれてしまう気がして、リビングと繋がったキッチンへ回って意味もなく冷蔵庫を開けた。

「ごめんね、ちょっと撮影が長引いちゃって、まだ夕飯の支度ができてないの」

夫の返事は聞こえない。

痛いくらいに心臓が鳴っていた。どうしよう、どうしよう、どうしよう。

――今、あの男が出てきてしまったら。

「大丈夫、まだそこまで腹減ってないから」

夫の声は、洗面所の方から聞こえた。水を流す音が続く。

私は、夫がよく飲む炭酸水を冷蔵庫から引き抜き、意識的に口角を上げながら、洗面所へ向かった。

「お疲れ様」ともう一度言いながら炭酸水を差し出すと、夫は、お、サンキュ、と言って受け取り、喉を反《そ》らせてごくごくと飲む。

喉仏が小さな虫のように蠢《うごめ》くのを見守ってしまい、顔を背《そむ》けた。

「疲れてるなら生姜《しょうが》焼きでも作るけど」

「いいね」

夫はタオルで荒々しく顔を拭く。

そのまま廊下へ向かおうとする背中に、咄嗟に「あ」と声が出た。

「ん？」

夫が振り向く。

私は、視線を逸《そ》らせたくなるのをこらえながら、鼻を鳴らしてみせた。

「結構汗かいた?」

「臭う?」

夫は、腕を上げて脇の下に鼻を近づける。顔をきゅっとしかめると、「シャワー浴びるわ」とつぶやいた。

「じゃあ、その間にご飯作っちゃうね」

私はキッチンへ向かい、まな板と包丁を調理台に置いてから耳を澄ませる。

風呂場のドアが閉まる音を待って、そっと包丁から手を離して洗面所へ向かった。

風呂場から水音が響き始めたのを確認し、すぐさま身を翻して自室へ駆け込む。

クローゼットに飛びつくようにしてドアを開けた。

「早く、今のうちに」

「埃《ほこり》っぽいな」

男は呑気に顔をしかめる。

「お願い、今なら気づかれずに出ていけるから」

「まあ、落ち着きなよ」

「本当に困るのお願い」

私は泣きそうになりながら男の腕をつかんで引いた。男は言葉に反して抗《あらが》うこともなく、玄関までついてくる。

「後で連絡するから、とにかく今日は、」

水音が止み、心臓が縮み上がった。

男が口を開きかけるのを、腕に爪を立てて止める。

再び響き始めた水音に、手を離すと、男は「だから落ち着けって」と苦笑した。

「静かにして」

私は浴室を振り向きながらひそめた声で怒鳴る。

「お願いだから、早く」

「ほら、ひとまず深呼吸」

ヘラヘラとした笑《え》みを向けられて、泣きたくなる。

――どうしてすぐに帰ってくれないんだろう。

どうすればいいんだろう。

「何でこんなことをするの」

涙がこぼれ落ちた。

「私、あなたに何かした？」

「別に」

頭上から、白けたような声が返ってくる。

「だったらどうして……私は悪いことなんてしてないのに」

「悪いことをしたから悪いことが起きるとは限らないんだよ」

私は、顔を上げた。

静かな男の目と、視線が絡《から》む。

けれどそれは一瞬だけのことで、男は汚れた革靴に足を突っ込みながら、唇を歪めた。

「おまえさ、本当に気づいてなかったのな」

「……何のこと？」

「あのサイン会が九年ぶりの再会じゃないよ」

え、という声が喉の奥で引っかかる。

「まあ、おまえはいつもこっち見ないもんな。息止めてるし」

何が、と聞き返す間もなく、男はドアを開け、あっさりと家を出ていく。

私は、呆然《ぼうぜん》とその背中を見送った。

助かったのだ、と思うのに、安堵は込み上げてこない。

――今のは。

そのとき、浴室のドアが開く音が聞こえた。

ハッと息を呑み、慌ててキッチンへ戻る。

冷蔵庫から生姜を取り出し、勢いよくおろし始めた。

指先に鋭い痛みを感じて生姜を取り落とす。滲んできた血を洗い流し、キッチンタオルで拭った。

――何をやっているんだろう。

夫が浴室から出てくる気配がして、頭を掻きむしりたくなる。

――とにかく落ち着かないと。

あの男は出ていったとはいえ、あまりにおかしな様子を見せてしまっては怪しまれかねない。

私はたれの材料を混ぜ合わせ、豚ロースに薄力粉をふって火にかけてから、こっそりスマートフォンを取り出した。

さっきはごめんなさい、と打ち込んだところで、指が止まる。

自分は、これからどうするつもりなのだろう。

これからもお金を払い続けることなど、できるはずがない。けれど、これまでのように連絡を無視するわけにもいかない。

相手には、自宅まで知られているのだから。

そこまで考えたところで、再び先ほどの疑問が湧き上がってくる。

――男はなぜ、私の家を知ることができたのか。

こないだの帰りに尾《つ》けられていたのか、それとも――

『あのサイン会が九年ぶりの再会じゃないよ』

あの言葉は、どういう意味だったのだろう。

『おまえはいつもこっち見ないもんな。息止めてるし』

息を止めてる？

そんなこと――そう、思いかけた瞬間だった。

脳裏に、見覚えがある光景が浮かび上がる。臭いと思いながら息を止めて、早足に通り過ぎて

――

――ゴミ捨て場。

『清掃会社だよ。マンションとか、オフィスビルの掃除』

私は息を呑み、玄関を見た。

――あの人は、このマンションの清掃員だった？

足元が抜け落ちていく感覚に眩暈《めまい》がする。

そんな馬鹿な、と思おうとする。さすがに知り合いがそんなところにいたら、気づかないわけがない、と。

だけど、清掃員の顔を思い出そうとするのに、まったく思い出せない。

足元から、細かな震えが這《は》い上がってくる。

――少しも、気づかなかった。

このマンションの清掃員なら、マンション内に入るのは簡単だ。

そう考えたことで、私は思い至る。

なぜあの人が、私のことを「みーこ」と呼んだのか。

私はもう、そんなふうに呼ばれる歳じゃないし、そんな関係性でもない。それでも、あえてその呼び名を選んだのは――私に、やめてと言わせるためだったのではないか。

『じゃあ何て呼べばいいの？　荒井さん？』

『今は市川です』

今の苗字がわかれば――部屋がわかるから。

「おい！」

突然、すぐ後ろから怒鳴るような声が聞こえた。

全身がびくりと跳ねる。

「何やってんの」

押しのけられてハッと視線を向けると、夫が火を止めるところだった。

「火つけっぱなしだよ」

一気に焦《こ》げた臭いが鼻をつき、我に返る。

「ごめんなさい……ぼうっとしていて」

「何考えててもいいけど、ちゃんとしてよ」

心底煩《わずら》わしそうに言われて、ぎくりとした。

「ごめんなさい」

「別に謝ってほしいわけじゃないけど」

冷たい水をかけられたように、身体が芯から冷たくなっていく。

「……あの、すぐに食べられるものを買ってくるから」

ああ、と夫は私と目を合わせずに言いながら、フライパンを放るようにして流しに入れた。

私は財布をつかみ、逃げるように玄関へ向かう。転がっていたパンプスではなく、スニーカーを取り出すためにシューズクロークを開けた瞬間。

ガン、と後頭部を強く殴られたような衝撃が走る。

――靴を、隠していなかった。

夫のものではありえない、あの、汚れた革靴――

気づかなかったわけがない。

家に帰ってきたら、玄関に見知らぬ男の靴があったのだから。

けれど、夫は、私に事情を訊くことすらせず、促されるまま風呂場へ向かった。

まるで、この隙に早く正しい状態に戻しておけとでもいうように。

『何考えててもいいけど、ちゃんとしてよ』

夫の声が、脳裏で反響する。

目の前でドアが開き、自分のものではないような足が動いて外に出た。

ドアが閉まると同時に、ミモザのリースが小さく揺れる。

焦点が合わなくなった視界の中で、埃一つない廊下に落ちた細かな花が、かすんで見えなくなった。

本書の執筆にあたり、清水恵里子先生にご助言をいただきました。
お世話になった皆様に、改めて心より感謝申し上げます。
本文中の記述内容に誤りがあった場合、その責任は全て著者に帰するものです。

初出

ただ、運が悪かっただけ　「オール讀物」二〇一七年十一月号
埋め合わせ　「オール讀物」二〇一八年七月号
忘却　書き下ろし
お蔵入り　「オール讀物」二〇二〇年七月号
ミモザ　「オール讀物」二〇二〇年八月号

**芦沢　央**（あしざわ・よう）

一九八四年東京都生まれ。出版社勤務を経て、二〇一二年『罪の余白』で第三回野性時代フロンティア文学賞を受賞しデビュー。一七年『許されようとは思いません』が第三八回吉川英治文学新人賞の、一九年『火のないところに煙は』が本屋大賞、第三二回山本周五郎賞の候補となる。一八年「ただ、運が悪かっただけ」が第七一回日本推理作家協会賞（短編部門）の、一九年「埋め合わせ」が第七二回同賞の候補になった（両作とも本書収録）。他の著作に『悪いものが、来ませんように』『今だけのあの子』『いつかの人質』『雨利終活写真館』『バック・ステージ』『貘の耳たぶ』『カインは言わなかった』『僕の神さま』がある。

---

# 汚《よご》れた手《て》をそこで拭《ふ》かない

二〇二〇年九月二五日　第一刷発行

著　者　芦沢《あしざわ》　央《よう》
発行者　大川繁樹
発行所　株式会社文藝春秋
〒一〇二―八〇〇八
東京都千代田区紀尾井町三―二三
電話　〇三―三二六五―一二一一
印刷所　凸版印刷
製本所　加藤製本
DTP組版　萩原印刷



ISBN 978-4-16-391260-8